CAFÉ, PÃO e POESIA

CAFÉ, PÃO e POESIA

versos para começar o dia

Org. Lura Editorial

Copyright © 2024 por Lura Editorial.
Todos os direitos reservados.

Gerente Editorial
Roger Conovalov

Preparação
Aline Assone Conovalov
Débora Barbosa
Stéfano Stella

Diagramação
André Barbosa

Capa
Lura Editorial

Revisão
Gabriela Peres

Todos os direitos reservados. Impresso no Brasil.
Nenhuma parte deste livro pode ser utilizada, reproduzida ou armazenada em qualquer forma ou meio, seja mecânico ou eletrônico, fotocópia, gravação etc., sem a permissão por escrito da editora.

Dados Internacionais de Catalogação na Publicação (CIP)
(Câmara Brasileira do Livro, SP, Brasil)

Café, pão e poesia / Lura Editorial (Organização) - São Caetano do Sul-SP: Lura Editorial, 2024.

Vários autores

176 p.; 14 X 21 cm

ISBN 978-65-5478-111-4

1. Poesia. 2. Coletânea. 3. Literatura brasileira. I. Lura Editorial (Organização). II. Título.

CDD: B869.108

Índice para catálogo sistemático
I. Poesia : Coletânea

Janaina Ramos - Bibliotecária - CRB-8/9166

[2024]
Lura Editorial
Rua Manoel Coelho, 500, sala 710, Centro
09510-111 - São Paulo - SP - Brasil
www.luraeditorial.com.br

"O café é tão grave, tão exclusivista, tão definitivo que não admite acompanhamento sólido. Mas eu o driblo, saboreando, junto com ele, o cheiro das torradas-na-manteiga que alguém pediu na mesa próxima."

— Mário Quintana

SUMÁRIO

ANSIEDADE OU ANSIEDADES? 14
A. Bordignon

DESPERTAR DE ALEGRIAS 16
Adelson Ferreira

DELÍCIAS DO DIA A DIA! 17
Adriana Araújo

CAFÉ DIEM 18
Adriana Ito

O AROMA DA MANHÃ 19
Alba Mirindiba

DOMINGO 20
Alessa Matias

PAPEL E COMPUTADOR 21
Alexandre Black

SONETO DE UM NOVO DIA 22
Alexandre Gomes

EM TRILHOS E TRILHAS, UM GOLE DE CAFÉ 23
Aline Nunes

MANHÃS... 24
Amalri Nascimento

À MESA 25
Ana Beatriz Carvalho

MINHA MANHÃ MAIS FELIZ! 26
Ana Maria Oliveira

GRÃOS DE CAFÉ 27
Ana Paula Garcia da Silveira

BOM DIA! 28
Ana Paula Kuczmynda

CAFÉ POEMA	30
Andréa Góes	
FÉRIAS, VÓ, LEMBRANÇAS	31
Andrea Zoli	
SINTA O MEU AMOR...	32
Andréia Grava	
ALI VAI TODA MINHA VIDA	34
Andréia Grava	
A PRIMEIRA FORNADA	35
Antonia Damásio	
MULHERES E MEMÓRIAS DE UM CAFÉ EM MINAS	36
Ariadneh M. Chaves	
CAFÉ NA MESA E REFLEXÕES POÉTICAS	38
Artur Pires Custodio	
O CAFÉ ESTÁ QUENTE É AGORA	39
Artur Pires Custodio	
CAFÉ DA MANHÃ	40
Bernardete Lurdes Krindges	
ESPERANÇA	41
Carla de Faria	
IMPULSO	42
Carlos Rossi	
HAICAIS	43
Carolina Lucio Bittencourt	
SABOR DA VIDA	44
Cecília Souza	
É DIA DE ROÇA	45
Chico Jr.	
CAFÉ E SAUDADE...	46
Clayton Zocarato	
PEQUENOS PRAZERES	47
Cléo Dias	
CAFÉ, PÃO E POESIA	48
Cleobery Braga	

SIMPLICIDADE 49
Cleudson Vieira

AMOR COM SABOR 50
Cristina Michelle Carvalho

DANDO UM TEMPO NA ERA DIGITAL 51
Cristina Sanches

PONTO YOGINI 52
Cristina Sanches

A FE TO (U) 54
D.I.S

AROMA DE MULHER 55
Danillo Delgado

UM DIA É UMA PEQUENA VIDA 56
Dani Ayres

ANTES DO DESPERTADOR TOCAR... 58
Deiseane de Paula Gonçalves

DOCE REENCONTRO 59
Denise Marinho

HORIZONTES 60
Diego Carneiro

AMANHÃ É UM BOM LUGAR PARA IR 61
Dionísio

HAICAIS – Dieta / Dia / Desjejum 62
Duka Menezes

ALVORADAS 63
Estela Maria de Oliveira

TODAS AS MANHÃS 64
Edgar Indalecio Smaniotto

O AROMA DO CAFÉ QUE TRANSFORMA 66
Liziane Vasconcelos Teixeira Lima

TODO DIA É DIA 68
Fabiano

O DESPERTAR DA VIDA 70
Fê Kfuri

CANTO DOS PÁSSAROS Fê Kfuri	71
VARAL Felipe Secondo Perin	72
IPÊ Fernanda Trigo	73
JANELA Fernanda Trigo	74
VOZES DA ORIGEM Fernando José Cantele	75
PERFEIÇÃO Gabriella Giuberti	76
LÍNGUA DO PÃO Gabriella Giuberti	77
SERÁ QUE SERÁ? Gabriella Giuberti	78
A SUTILEZA DO AMANHECER Geovanna Ferreira	80
CAFÉ DA VÓ Gustavo Pilizari	82
BEIJOS AMARGOS, SABOR CAFÉ Hércules Santos Andrade	83
TERRA LINDA! Hilda Chiquetti Baumann	84
CAFÉ DA MANHÃ Iris Manfredo	85
AMAR J. T. Estevão	86
PASSAGEM J. T. Estevão	87
O AROMA INSPIRADOR Jadilson Gomes da Silveira	88
PERDÃO: MAGOASTE UM CORAÇÃO Janete	90
BEIJO DE CAFÉ Jaqueline Ferraz	91

PRETINHO 92
Jessy Ribeiro

VEM CÁ FÉ 93
Jô Valente

O BOM CAFÉ 94
Joice França

ANTES DO AMANHECER 95
José Cerqueira

MANHÃ DE INVERNO 96
José Wellington Lemos

DAS SETE E TRINTA ÀS OITO 97
José H. C. Resende

MINHA SUBJETIVIDADE NO MUNDO 98
Ju Veras

SIGA EM FRENTE 100
Juliana Paiva Lyra

CAFÉ COM PÃO 102
Kaique Fortes

CONTEMPLAR DA VIDA 104
Karina Paulino

CORPO, SENSAÇÃO E CAFÉ 105
Karina Zeferino

HAICAIS – Posso anotar seu pedido? / Até logo, cigarra / Xícara d'alvorada 106
Khalifia

CAFÉ E PÃO PARA A ALMA 107
Lenir Santos Schettert

UM BANHO DE CIDADE 108
Larissa Iroas

CONTO 110
Léo

TACITURNA SORTE (ou memórias de uma embriaguez) 111
Lígia Nunes

CAFÉ COM PÃO 112
Lolita Garrido

A ARTE DE VIVER COM FÉ, CAFÉ, PÃO E POESIA 113
Lord Lee

ETA CAFEZINHO BOM! 114
Lu Dias Carvalho

SEJA BEM-VINDO 116
Luciana Beirão de Almeida

O CAFÉ INSPIRADOR 117
Magdiel Almeida

O LAVRADOR DE CAFÉ 118
Marcela Hallack

EVOÉ 119
Marcela Hallack

CAFÉ, PÃO E POESIA 120
Marcos Alves

LAMPEJOS DA ALVORADA 121
Marcos Kelvin

CAFÉ COM PÃO! 122
Maria de Fátima Alves de Carvalho

CAFÉ DO SERTÃO 123
Maria de Fátima Fontenele Lopes

MEMÓRIAS DE UM CAFÉ 124
Marilda Albino

BOM DIA, COM CAFÉ, PÃO E POESIA 125
Marisa Prates

CAFÉ, PÃO E POESIA 126
Marislaine Gonçalves Meira

PÃO E FRATERNIDADE 128
Marli Beraldi

A MESA 129
Marlyane Rogério

O CAFÉ 130
Matheus Câmara Salvi

LIÇÃO DO CAFÉ DA MANHÃ 132
Maureni de Andrade

CAFÉ INTENSO 133
Meire Defante

MOÍDO, COADO E ADOÇADO 134
Joyce Magalhães

ACROBATA 135
Mônica Lobo

AMANHECER 136
Mônica Peres

SILÊNCIO CÓSMICO 137
Monicah Praddo

TRINÔMIO DA FELICIDADE 138
Neusa Amaral

AROMAS E SABORES DE UM AMANHECER 139
Paulo M. Q. Resende

UMA NOVA MANHÃ 140
Poeta Kandimba

CAFÉ-DESPERTADOR 141
Pri Cassioli

DEVAGAR 142
Priscila Mello

AFAGO 143
Rai Albuquerque

AS QUATRO ESTAÇÕES DO AMANHECER 144
Renan Canêlhas Alves

UM BOM CAFÉ PRA VIVER BEM 146
Rodrigo Forgiarini Lucca

A MISSÃO 148
Roberto Junior

MOLDURA: CAFÉ COM POESIA 149
Ronaldson/SE

PÃO TORRADO E PERA COZIDA NA MESA DE FÓRMICA AMARELA 150
Rosauria Castañeda

CAFÉ COM PÃO 152
Rose Chiappa

PÃO DE TRIGO 154
Rosy Feros

CAFÉ COM FÉ 155
Rubiane Guerra

GOLES MATINAIS 156
Samuel Nunes

AFETO 157
Sil F. Ribbeiroh

ABRA OS OLHOS 158
Sandra Torres Lins

ELÃ VITAL 160
Tato Carboni

VIVER É AMPLIAR-SE 161
Tato Carboni

INTIMIDADES 162
Thiago Zanetin

MESA AMIGA 163
Val Matoso Macedo

NOTAS SOBRE ELA 164
Vale Di Salles

AVISO AOS AMIGOS 165
Vale Di Salles

UMA DESPEDIDA 166
Vale Di Sales

O DESPERTAR DA GRATIDÃO 167
Valeria Lima

SENHOR CAFÉ 168
Vinícius Dias

SAUDADI MINAS 169
Virgínia Carboniéri

NUMA XÍCARA 170
Vitor Ferreira

SENTIMENTO DOMINICAL 171
Wenddie

VOO DE UM AMOR LIVRE 172
Walter Clayton de Oliveira

CAFÉ EXPRESSO 174
Zenilda Ribeiro

ANSIEDADE OU ANSIEDADES?
A. Bordignon

É possível ter diferenças?
Em momentos que simplesmente perdemos as nossas cabeças?
Mas é claro que sim.
Todos temos um momento ruim.
A questão é o que o faz ser assim.
Quais são então elas?
Bom, tem aquele momento que você apenas chora na rua.
Sua calmaria apenas estoura.
Pelo simples fato de ter andado tanto e não ter conseguido aquilo que havia planejado.
Esse sentimento é tão descontrolado que até a vergonha é deixada de lado.
Pois no fim são todos desconhecidos que te viram cair.
Outro é aquele que começa quieto.
Apenas algumas batidas do coração, que de repente fica desperto.
E então a sua respiração falha.
Aquilo te consome e você apenas some.
Fica perdida no meio dos pensamentos.
Que surgem assim sem mais nem menos.
E você não sabe então a saída.
Apenas tenta controlar a batida.
Mas o cérebro parece não entender.
O corpo não parece responder.

E o coração fica ali só para bater tão rápido que parece que você vai morrer.

Mais uma. Aquela no meio da loucura.

No dia a dia de trabalho, de repente algo se torna insuportável.

Aquilo te esgota muito rápido.

E ali mesmo, no meio dos livros, no meio do trabalho uma crise começa a surgir.

Você então implora para ninguém te ver assim.

Acha que é errado se descontrolar com algo que podia ser controlado.

Mas a questão é que para o seu corpo, aquilo é demais de novo.

E mesmo que parece que é, ele é tão velho quanto todos os outros.

E tem mais?

Sim, você é muito nova.

Mas vai ter que descobrir as demais.

Todo dia algo se renova.

E assim a ansiedade pode chegar.

Entrar e nunca mais sair.

DESPERTAR DE ALEGRIAS
Adelson Ferreira

Cada dia um encanto
Cada canto um olor
Despertas em alegria
Bonjour, mon amour

O sol raia em festa
Em frestas a luz a adentrar
No ar, aromas e canções
Café, feromônio...
                      paixões
A nos fazer viajar
Em beijos e abraços
Ainda agasalhados
                      carícias
Alimento sagrado
Pão de cada dia
Sonhos, beijos de moça, delícias
Em sementes robustas
Cada dia uma flor
Um despertar de alegrias
Poesia a traduzir-se em amor

DELÍCIAS DO DIA A DIA!
Adriana Araújo

Café rima com pão e juntos fazem uma bela combinação.
 Ultrapassam até mesmo a mais fina degustação!
Não há quem resista ao suave perfume de café quentinho
 e ao cheiro do pão feito na hora misturado na
 manteiga a derreter!
Nada é tão singular quanto a poesia do dia a dia, pois o
 poeta sabe como se inspirar na vida cotidiana do
 lar, e café com pão quentinho em uma casa calorosa
 não pode faltar.

CAFÉ DIEM
Adriana Ito

O sol desponta no horizonte,
Silencioso e distante...
Observa com seus olhos radiantes
As formigas aqui... errantes.
Elas frágeis e ágeis
Encontram-se e afastam-se...
Ao redor de uma xícara de café fumegante,
Que descansa elegante
Sobre um pires amarelo vibrante...
Tal qual o sol... silencioso e distante...
Assim também o é... quem? O café...
Elegante, vibrante...
Silencioso e quente,
Encontra-se agora, distante por um instante,
Das bocas ofegantes e sorridentes... de seres
Ágeis, frágeis, inteligentes.
O sol desponta no horizonte...
O dia, a formiga desafia...
O café desperta o transeunte para a vida que o espera,
Logo após a esquina da sua rotina...

O AROMA DA MANHÃ
Alba Mirindiba

Um cheiro gostoso e inebriante
Invadiu meu quarto,
Adentrou minhas narinas
E, quase que de forma hipnotizante,
Levou-me à cozinha.
Lá encontrei o meu amor,
Que, rotineiramente,
Todas as manhãs,
Me brinda, carinhosamente,
Com uma xícara de café.
O cheiro corresponde ao sabor,
Maravilhoso e despertador.
Satisfeita e feliz,
Após a ingerir a bebida caliente,
Acompanhada de um pãozinho
Fresco e amanteigado,
Estou pronta para enfrentar o dia.

DOMINGO
Alessa Matias

O sol passa pela fresta da cortina
O galo anuncia que outro dia nasceu
E nesta incansável rotina
Agradeço por mais um dia todo meu

Uma ducha rápida para despertar
Uma oração para manter a fé
E sinto um cheiro a me chamar
Cheiro de vida, de amor e café

Na mesa simples da varanda
Um bule, duas canecas e bolo de fubá
Um açucareiro vermelho de porcelana
E duas pessoas com sonhos para contar

É uma manhã prazerosa de domingo
No quintal, galinhas e pintinhos
No chiqueiro, porcos grunhindo
E no cajueiro, os assanhados passarinhos

No colo um dengoso gato preto
Nos pés um cachorro branco
No coração um amor discreto
Puro, simples, intenso e franco.

PAPEL E COMPUTADOR
Alexandre Black

Ela me pede para fazer um poema.
Não um qualquer, um que seja apenas dela. Agora!
Explico-lhe que um poema não é um aviãozinho de papel.
Em que pego uma folha A4 ou outra qualquer.
Dobro aqui, dobro ali e pronto.
Jogo e ele voa alto pela sala.
Poemas não voam.
Eles rastejam pela nossa mente.
Um dia qualquer eles emergem e são registrados no PC.
Caso agrade, se reproduzem pela nossa boca.
Ou são esquecidos no HD do computador.

SONETO DE UM NOVO DIA
Alexandre Gomes

Da dor de ontem uma lágrima caída
Que sozinha no chão secou com o tempo
Ficaram marcas na tez em desalento
Dormir é um mistério, morte em vida

O dia renasce da noite falecida
Sons nascituros me chegam com o vento
Luz e cor dão nova vida ao cimento
Ontem agora é lágrima perdida

O dia de hoje é apenas uma tela
Que vai ser pintada ao longo do dia
Pelas mãos hábeis de algum artista

Comece com café, pão e poesia
Da vida decida ser protagonista
Amanhã será uma nova aquarela

EM TRILHOS E TRILHAS, UM GOLE DE CAFÉ
Aline Nunes

Tropeiros num novo caminho, vinham
E iam de lá pra cá
Para Caminho Novo era o novo ciclo
São Lourenço, Carmo de Minas,
Manhuaçu, Santa Rita do Sapucaí, Carangola...
Lá se vai nos trilhos a pedra mais preciosa que Minas já viu.

1707 em meio ao ouro, o grande ouro
Estava por vir e reluzir.
Astro-rei a semente precisava,
Dois anos e meio de sol a sol,
Dizia o sô Zé com os olhos cheios de lágrimas,
na mesa farta debruçava.

Ele olhava, admirava e suspirava:
Isso é coisa boa, Maria!
Nas entrelinhas das palavras...
A poesia do silêncio.
O café coado, passado na hora
afagava o tom da conversa

Na desenfreada busca dos homens da felicidade
Que lhe escapa sem parar...
Um gole e os tormentos da vida iam se dissolvendo
  numa xícara de café.
Os apressados arriscavam beber e assoprar... pelando
Sem açúcar, com leite, com manteiga e até com rapadura...
Zé, passe o café e sente aqui que tenho uma história que
  ocê não vai acreditá.

MANHÃS...
Amalri Nascimento

dias contínuos
frios e solitários

manhãs
vazias

pura anestesia
em lúgubres dias

a mesa
a xícara
tudo vazio

somente eu
e um café amargo

manhãs de mim…
manhãs sem ti

À MESA
Ana Beatriz Carvalho

O encontro é marcado pela alegria da troca.
Diálogo, conversa, prosa.
À mesa, a palavra transborda em movimento.
Comunhão certa para celebrar o momento.

Elas, eles, família e amigos.
Todos reunidos! Todos envolvidos!
Palco de sorrisos, lágrimas, relato de histórias e súplicas
 de socorro.
Como esquecer o afago precioso?

Brincar com as montagens à mesa,
para o café da manhã, almoço e jantar.
A qualquer hora, dia e noite, é tempo para comemorar.
A partilha da vida é o motivo. A refeição, a grande atração.

Pratos, copos, taças, talheres, guardanapos.
Pires, xícaras, toalhas, jogos americanos e sousplats.
O ambiente torna-se agradável e bonito,
cenário perfeito para a visita se encantar.

A rotina merece banquete.
Reunir amigos, familiares e parceiros à mesa
solidifica a comunicação e a interação.
Sabor para momentos especiais, degustados com a
 linguagem do coração.

MINHA MANHÃ MAIS FELIZ!
Ana Maria Oliveira

Abro minha janela
Ainda há sombras
Preciso ir trabalhar
Não tenho tempo para nada
E dou meia-volta
Mas, num instante, paro para pensar
Por que tenho de sempre ser escrava da rotina?
A lua é linda, mas o sol é rei
Volto…
Ele já vem despontando no horizonte, e que horizonte!
Avermelhado, alaranjado… dourado
Até então, meus olhos nunca tinham visto coisa igual
Coisa que sempre esteve ali e eu, com tanta pressa, não vi
Mas eu, cega por um sistema, nunca me permiti tal bênção
Mas agora entendi
Que tudo que não percebemos a importância que tem
Na maioria das vezes é o que pode nos trazer conforto
    para alma
Uma renovação por dentro
E assim nos sentimos melhor, menos robóticos,
    mais humanos
Começamos a ver tudo de forma diferente, o que de fato
    é importante
E saber que tudo que tem as mãos do Criador
Não tem preço, e sim valor!

GRÃOS DE CAFÉ
Ana Paula Garcia da Silveira

Quente
Porque sinto frio mesmo no verão
A sensação gelada
Dos sentimentos vazios
Das conversas fúteis
Do tato tão escasso

Em forma líquida
Sensações cheias de energia
Lembram a dádiva do viver
Do sentir
Do se entregar

Doses diárias
Trazendo à memória lugares
Momentos
Olhares

Imploro que seja diferente
Trazendo pela manhã
O desejar viver
Intensamente

— Falava do amor?

— Não, não. Eu dizia sobre café.

BOM DIA!
Ana Paula Kuczmynda

Ela abriu os olhos, espreguiçou-se,
Espiou o tempo, a hora...
Sentiu a temperatura no quarto...
Tão frio, tão úmido, tão cedo...

Ele pulou da cama...
Mais uma vez atrasado...
Roupa. Sapato. Um banho...
Um dia quente de sol já alto.
Laptop. Mochila. Já ia esquecendo o celular...

Eu o abracei inteiro,
Acordar do lado dele era sempre uma alegria,
A janela aberta trazia maresia e um canto de mar.
Um dia lindo. Um céu azul sem nuvens.
Uma imensidão de paz…
Um acordar devagarinho…

Ela se levantou e tomou café…

O café esparramou na mesa,
Quando, apressado, ele virou a xícara num gole só…

Eu fiz café para nós dois, café com pão quentinho,
Derretendo a manteiga e cheirando a amor recém-feito.

Ela despertou e se alinhou para a aula…

Ele se apressou e saiu cheirando a café…

Nós? O café acolheu nosso corpo, esquentou nosso sorriso
E nos convidou à poesia marota da entrega e do
     esquecimento…

CAFÉ POEMA
Andréa Góes

o poema expresso
é ligeiro, (tr)avesso, confesso
é compacto, arredio, (d)esperto
controverso
põe-se em cima da mesa
ocupa, invade, assusta, ordena
é poesia de canto,
o encanto da cafeína,
na veia
na velha e cansada vida.
no meu decoro recatado
no meu vício disfarçado
recato as palavras e junto,
ainda que desordenadamente
dando voz a todos os silêncios que não se calam em mim
no café poema
no (en)canto da poesia
que mora num café expresso
no balcão da padaria

FÉRIAS, VÓ, LEMBRANÇAS
Andrea Zoli

Férias tem cheiro de casa de vó.
Tem bolo saído do forno, aconchego no sofá
Sons dos pássaros, de motosserra, sem carro, sem motos
Tem latidos, cacarejos, sem celular, sem wi-fi.
Batedeira misturando a receita secreta, a barriga aquecida no fogão
Braços abertos entregando o mais puro abraço de bom dia
Férias tem aventura e contação de histórias
A máquina do tempo a quilômetros do coreto da cidade
Tem lembranças da infância, fotos amareladas com saudade
Saudade do bolo com bolinhas metalizadas. Sorrisos tristes, olhos marejados
Tem amor e carinho em cada fase vivida.
Tem o leite morno para aquecer o corpo para dormir
Tem silêncio barulhento, tempo parado, brecha espacial para energias novas
Santuário da vovó, enciclopédias do vovô, panos de prato bordados
Carteado na mesinha. Erva-cidreira colhida, cheiro de cafuné
Tem gratidão pela terra que os acolheu
Coragem de esperançar, pelo amor vivido, fé que os moveu
Férias tem cheiro de amor, avós são faísca do viver
Tem um porquê, início, meio e fim.
Pelas memórias, fotos, aromas, podemos encontrar o caminho de casa.

SINTA O MEU AMOR...
Andréia Grava

Tudo que desejo nesse momento é que você possa sentir o meu amor!

Ouvir sua voz, o chiado de sua respiração, a fungada de seu suspiro, me desperta cada vez mais desejo de demonstrar o meu amor...

Não posso entrar na sua alma e ajudar a limpar a sombra que se acumula pela culpa, pelos arrependimentos, mas posso desejar que você sinta meu amor, mesmo nessa alma machucada!

Sinta, mais uma vez, o meu amor...

Aquele amor que foi construído desde o mais remoto tempo, o tempo não dominável, o tempo não contado...

O amor que compartilhou a bronca, que superou as brigas, que apanhou pelado, que foi alimentado na mesma colher...

Sinta esse amor... o meu amor!!

O amor que dividiu o quarto, que clamou por férias, que se emocionou ao ganhar a primeira cachorra, que dividiu o banco traseiro do carro em longas viagens, que se multiplicou com a chegada de uma nova alma...

Sinta todo o meu amor!

Esse amor que se preocupa, que sente saudades e não telefona, que sente vontade, mas não procura, que acelera o coração com as últimas novidades...

Sinta, de novo, o meu amor!

O amor que sofre pelos caminhos que você enveredou, pelas consequências desses caminhos, por ver seus amores sofrendo...
Com tudo isso, sinta o meu amor!
Esse amor que está pronto para crescer e estourar o peito, para espalhar esperança, para abrir frestas nessa autopunição e colocar-se, mais uma vez, ao seu lado...
Sinta, infinitamente, esse amor, meu irmão!

ALI VAI TODA MINHA VIDA
Andréia Grava

Ali vai toda minha vida...
Meus amores,
Minhas esperanças,
Minhas dores, meus medos, minhas frustrações e minhas certezas...
Tudo que imaginei e muito mais daquilo de que nunca imaginei...
Ali vai toda minha vida...
A beleza, a leveza, a malícia, a ironia
Tudo que pude desejar e mais ainda, o que nem imaginei viver e sentir.
Ali vai a minha vida...
A cumplicidade, a defesa, a dor, a rejeição, a possibilidade...
Tudo que pensei saber e intuir e muito mais daquilo que nem pude sonhar.
Ali vai toda minha vida...
A cor, o sabor, o prazer, a ignorância, o impensado e o que ainda está por vir.
Tudo que julguei conhecer e a convivência me surpreendeu com o imprevisível.
Ali vai toda minha vida...
Segue vibrante, destemida, confiante, colorida em sua matriz.
Tudo que queria e também o que não queria viver.
Ali vai toda minha vida...
E a certeza que construiria tudo de novo, a nossa vida!

A PRIMEIRA FORNADA
Antonia Damásio

Conta-se nos dedos
Enfarinhados
Os apertos nele dados.
Ora delicados e constantes,
Ora tensionados,
Movediços.
Um jogo de feitiços
Repuxos, boleamentos.
Aplica-se sobre ele peso certo,
Cuida-se em deixá-lo encoberto.
Calibra-se o peso,
O volume,
Monitorando a temperatura.
A surpresa do crescimento
Pelo tear da levedura
E entre a fadiga e o descanso
Te revelas como o santo:
milagre nosso de cada dia.
Respiro teus alvéolos,
Mordisco tua crocância,
Gratidão, mesa farta.
Croissant, pão de milho,
Ciabatta.

MULHERES E MEMÓRIAS DE UM CAFÉ EM MINAS
Ariadneh M. Chaves

Cantava o galo e mulheres se arrumavam para a romaria do dia a dia
Em Minas, montanhas e ruas de pedras escorregadias
Apito de trem nas ruas históricas se ouvia
Memórias de um café em Minas, com pão e poesia

Vapor da fervura de leite no fogão a lenha ou neblina?
Fatia de Queijo Minas na mesa, havia?
Mulheres ansiando por café e qualquer poesia
Dia a dia, indo buscar pão, na romaria

Aroma de café, de pão
De mulheres que foram, e vão, à padaria
Mas quem viu ou quem vê a poesia?

Minas na hora do café com pão, da padaria
Biscoito de fubá? Pão de queijo? Havia?
Broa de milho e biscoito de polvilho, havia?

Memórias de mulheres tomando um café em Minas
Elas também são as mulheres tomando café fora de Minas
Goles de café com pão… e poesia, não havia?
Onde estão as mulheres na poesia?
Donas de casa, Estudantes, Doutoras
Empregadas e Empreendedoras
Mulheres indo à padaria, buscar pão, todo dia
Costumam tomar café, na correria
Mas quem viu ou quem vê a poesia?
Alguém a viu na romaria?

CAFÉ NA MESA E REFLEXÕES POÉTICAS
Artur Pires Custodio

No começo a família reunia-se à mesa para o café,
e era só alegria,
e era só poesia,
mas depois afastamos, mas depois dispersamos.
No começo foi uma chuva fria caindo no meu corpo quente,
mas depois acostumei, mas depois gostei.
No começo foi um barulho imenso,
mas depois acostumei, mas depois gritei!
No começo foi uma vontade imensa de fazer revolução,
mas depois acostumei, mas depois acomodei.
No começo foi um cansaço imenso,
mas depois acostumei, o corpo calejou.
No começo foi uma injustiça,
mas depois acostumamos e esta injustiça transformou-se
    em desamor,
ou, sei lá,
dor.
No começo foi o amor,
mas acostumei e este amor transformou-se em dor,
ou, sei lá.
No começo foi a dor,
mas acostumei e esta dor transformou-se em amor.

O CAFÉ ESTÁ QUENTE É AGORA
Artur Pires Custodio

Não deixe para depois:
O café está quente é agora e não depois,
O sol nasce é agora e não depois,
O amor floresce é agora e não depois,
A fome é agora e não depois,
A revolução tem de ser agora e não depois,
A flor desabrocha é agora e não depois,
O poeta é agora e não depois,
A paz tem de ser agora e não depois...

O café ainda está quente!

CAFÉ DA MANHÃ
Bernardete Lurdes Krindges

Bom dia!
Seu Joaquim...
Me vê um café
um pão com manteiga,
já sinto o aroma
do café de seu Joaquim
a aguçar minhas papilas salivares
a um quarteirão
da padaria.
Joaquim, um artista
na arte de fazer um bom café,
ao olhar de um novo dia
no degustar do café
pego o jornal
deixado sobre a mesa
na página de entretenimentos
a minha favorita,
uma poesia
de Fernando Pessoa,
poeta português
como seu Joaquim
um tinha a arte de fazer poesia
o outro de fazer um bom café
e no jornal está destacado assim:
"Tudo vale a pena
Se a alma não é pequena."

ESPERANÇA
Carla de Faria

Fica mais um pouco
Eu faço um café
Um bolo de banana
Doce, mas sem açúcar
Eu ponho flores na mesa
Xícaras e pires
Renda verde-esmeralda
Uma besteira qualquer
Uma filosofia de bar
A face sem tecidos
A vida a flutuar
Feito folha de amendoeira
Mergulhando na calçada
Chuva laranja
Exclamando primavera
Sem voar tão longe
Sem se perder de mim

Se sair agora, não demora
Se for embora, deixa um aceno
Mas não diz
Se ficar, me espera
Me faça feliz.

IMPULSO
Carlos Rossi

Interessam-se muito mais aquelas coisas
Desprovidas de prudência ou de propósito
Quisera eu ter um propósito
Mas em geral sou sem querer
Querendo sê-lo
Sou a carta que se envia pelo correio
Quando a palavra urge mais do que a razão
Não me cobres sabedoria nenhuma
Além daquela do coração
Alguém mais sábio do que eu deter-me-ia
Sou o que os sábios chamam de loucura
Fascinam-me os loucos em demasia
Ou apenas os que não têm senso de censura
Satisfaço o anseio mais covarde
E não olho para trás
Se arrependimento vivesse
Seria o meu próprio capataz
Sou arauto da incompletude
E amiúde me completo assim
Porque se não sei onde eu começo
Então não careço de fim.

HAICAIS
Carolina Lucio Bittencourt

escuto o cheiro
preparo café
como amanhecer

                        o sol brilha
                        olhe pra cima
                        o tarô está no céu

céu abril
seu tom anil
o outono

SABOR DA VIDA
Cecília Souza

Riso fácil ao abrir os olhos
Ouvindo o canto dos pássaros ao lado da janela
Ao sentir o cheiro do café invadindo o dia
Com biscoitos especiais nas manhãs solares
É, amanheceu!
Mais um dia para venerar a beleza da vida
Mesmo com a rotina diária
Apreciar o céu e agradecer
O beijo dado pela brisa matinal
E mesmo vendo o brilho do sol refletido nos olhos
Não se engane!
Nem todos os dias são bons
Mas todos amanhecem belos
Com suas frequências vibrantes
Em cores disfarçadas de afetos
Nos sorrisos iluminados
Com gosto de café e pão com manteiga
Que faz lembrar
Que o agradecimento por esses momentos
Se impõe de várias maneiras
Seja na importância de uma decisão não apressada
Ou carinho de uma mesa recheada de beijos, bolos, abraços
    e sucos
É bom saber que há muita vida
No café da manhã de todos os lares

É DIA DE ROÇA
Chico Jr.

Mas a gente acorda com as galinhas.
O despertar é na toada dos sons da fauna e da flora.
O tempo se molda às vontades só minhas.
Tem como querer ir embora?

O frio pede aquele gostoso pão com manteiga e café.
Então eu vou na fé.
No coador de pano. Pó, pô, pó e água fervente.
Que escorre gostoso um cafezinho quente.

Entre um gole de café e uma mordida no pedaço de queijo.
Meus amores começam a despertar.
É hora de um cheiro, um carinho, de um abraço e um beijo.
Nesse cantinho do paraíso só se conjuga o amar.

É assim que é aqui da porteira prá dentro.
Não importa prá onde esteja soprando o vento.
É um tal de cansa o corpo e descansa a mente.
É poda, aduba, rega e planta a semente.

É assim que é aqui da porteira prá dentro.
É sempre dia de ter algo para colher.
De acolher.
Não importa para onde esteja soprando o vento.

É assim que se vive na casa do Billy e da Bella.
O humano aqui é só o convidado.
Nós temos a honra de conviver com eles lado a lado.
Junto à natureza e a sua harmoniosa aquarela.

CAFÉ E SAUDADE...
Clayton Zocarato

Olha para a cesta de frutas...
Você já se foi...
Não se importou...
Com o que sobrou...
Do nosso amor...
A saudade esquenta...
O café está requentado...
Nossa paixão desmoronando...
Não queria acordar...
Sem te beijar...
A mesa está vazia...
Seu coração grita...
Ela se esvaiu...
Ele nunca mais sorriu...
O leite ferve...
Seu desejo derrete...

PEQUENOS PRAZERES
Cléo Dias

O rito de fazer o café,
Ah!!! O aroma exalando na casa
Hmmm!!! Pequenos prazeres te chamando para viver.
Escolho uma xícara como se fosse vesti-lo.
Hoje o dia está especial!

CAFÉ, PÃO E POESIA
Cleobery Braga

Amanheceu, o dia inicia com suavidade
Sinto o aroma do café fresco convidando
Para juntos saborearmos a felicidade
A paz, harmonia, luz, alegria, cantando

Pro nosso café ficar gostoso
Preparei um pão quentinho
Com amor, afeto e carinho
Me revigora esse café delicioso

O anoitecer nos faz amantes
O amanhecer nos faz errantes
A vida nos traz lembranças
Dos momentos sem cobranças

Sempre aproveitamos viver
Trabalhamos com amor
Juntos merecemos o querer
Do café que tem o melhor sabor

SIMPLICIDADE
Cleudson Vieira

A coisa mais importante
da vida
é abundância do simples
como a doce lembrança
de um cafezinho.

AMOR COM SABOR
Cristina Michelle Carvalho

A fome despertava o desejo
De desprender da solidão
De ser socorrida pelo amor
De saborear o abraçar
De acordar com aroma do café
Depois da fé que o pão vem
Sem ilusão e sem perfeição
Gente como a gente
Solitária pelo destino
Amar era o que procurava
Avistando um arco-íris de cores
O café embalava repouso
Amanhã nunca mais seria a mesma
Saboreando com o olhar saciado
Do amor encontrado
Incompreendida pelo tempo
Viverei acompanhada outra vez
Assim como o café com pão
Obstinada pelo prazer
Minha vida ganha uma solução
A beleza de dois sabores floresceu
Uma paixão nasceu
Rainha e o atendente
Numa relação envolvente.

DANDO UM TEMPO NA ERA DIGITAL
Cristina Sanches

E assim, a mensagem que era toda hora,
"lembrei de vc",
"vc é especial para mim",
"vc me faz bem";
passa a ser: "Oi, como vc está?"

E assim, o "oi como vc está?"
passa a ser digitar para depois apagar.
Que passa a ser apenas olhar e ter vontade de falar,
mas deixa para lá.

E depois, o que vem?

Está óbvio, será?

E assim, o que era imprescindível passa a ser casual.
O que era importantíssimo passa a ser tanto faz...
Afinal, o tempo transforma tudo em lembranças.

Engraçado esse tempo que seca tudo que não é regado.
Que não deixa florescer o que não é plantado.
Que faz escurecer o dia mais ensolarado.

PONTO YOGINI
Cristina Sanches

Neste tecido alvo, limpo, puro, todas as possibilidades de trabalhos existem.
No entanto, só um se concretizará e ganhará vida nesse momento.
Aceito a Prasada e agradeço a oportunidade.

Penso, estudo, me inspiro. Meço as dimensões, corto, desenho.
Vou até a lojinha e tento decidir entre os tons de vermelho o mais Dhármico:
cereja, tomate, paixão, sangue.

E aí um ponto, depois outro, e outro e outro a tela vai ganhando vida, cor e alegria.
Como em uma Puja, me entrego, me liberto, me consagro, um ponto Yogini, depois outro.

Nem adianta tentar achar defeito no avesso. Já te adianto, você encontrará.
Tem pontos cruzando, linhas tortas, cores que não ornam, pontos frouxos.
Dou de ombros, assim é meu bordado.

Após o ponto final, a contemplação, orgulho, mas também a saudade de um projeto que findou.
E que venha a próxima inspiração.

E enquanto o universo concordar, lá estarei eu, de ponto em ponto, de dia em dia, de projeto em projeto, de vida em vida.

É assim que a vida é.

A FE TO (U)
D.I.S

Quando dei por mim
Era colo e cafuné
A dose de vinho
Virou de café

Entre dança de par e o gato que mia
Havia ali naquela sala
Um livro de filosofia
A gente interpretando no mais absoluto amadorismo,
   quem diria

O enredo foi de jazz a Sartre
Brincar com o tempo tem disso
Ele espreguiça no agora, faz arte

Tem troca que é presente
Leva a gente consigo
Deixa um "tikin" de si na gente

AROMA DE MULHER
Danillo Delgado

Nunca fui café da manhã
Mas acordar ao teu lado
Com a tua manha
É melhor que qualquer café passado

Quente como café, você vem
Assim nada me detém
Sentindo teu aroma no ar
Difícil não querer acordar

Logo vem a energia
Pulsando pelas veias
Parece até magia
Um sossego no meio das correias

Quando chega a hora de comer
Nem penso no pão
Só consigo pensar em você
Quero-te em toda refeição

UM DIA É UMA PEQUENA VIDA
Dani Ayres

Toda segunda-feira tem um pé de alface na geladeira e um pedaço de bolo na pia;
Toda segunda-feira tem um corpo com sono no trabalho e uma cama vazia.

Toda segunda-feira tem o frio na barriga do primeiro dia de aula na nova escola;
Toda segunda-feira tem o aposentado curtindo a liberdade com sua vitrola.

Toda segunda-feira tem o restinho da comida da família que se reuniu à mesa;
Toda segunda-feira tem as memórias do domingo cheio de aconchego e certeza.

Toda segunda-feira tem resolução posta em prática e previsão de desistência pelo caminho;
Toda segunda-feira tem o mau humor do patrão e o sorriso de "bom-dia" do vizinho.

Toda segunda-feira tem refrão que não sai da cabeça e o barulho da cidade que acordou;
Toda segunda-feira tem os olhos congestionados de sonhos e mais um dia do calendário de quem, feliz, o riscou.

Toda segunda-feira tem alguém que vai, sem despedida;
Toda segunda-feira tem quem chega com malas e fica o resto da vida.

Toda segunda-feira tem um pouco de velho e um pouco de criança;
Toda segunda-feira tem preguiça e tem esperança.

ANTES DO DESPERTADOR TOCAR...
Deiseane de Paula Gonçalves

Ela correu de encontro à janela
Sentiu a leve brisa em meu rosto
Não poderia supor como seria seu dia,
Mas fez o amanhecer diferente, mais leve, suave, com vida...
Sentou-se na janela com a xícara de café,
O sol ainda que fraco batia em meu rosto,
Por instantes o tempo parou,
O vento a beijou suavemente,
Os pássaros cantavam uma bela melodia...
Se permitiu sentir a simplicidade das coisas nem que fosse por pouco tempo.
Ainda perdida em meus pensamentos
Tentou acompanhar o novo dia
O olhar ainda cansado observava atentamente, pessoas indo trabalhar, as crianças brincando a caminho da escola, o bebê que chora no colo da mãe, a senhora com o terço na mão fazendo uma prece.
Ela se vê em muitos semblantes,
Sorrisos, almas gritantes, que até poderia escrever uma poesia...
Mas como todo mundo tem pressa,
O tempo já acabou
E agora precisa voltar ao mundo
Aquele da correria...

DOCE REENCONTRO
Denise Marinho

Cafeteria preferida, emoção e compromisso agendado
Livro aberto, lápis, caneta, romance muito fragilizado
Sensações de dor e curiosidade confrontam o coração
Biscoito caseiro, geleia, mel, café quente, face aquecida

Memórias do recente desencontro umedecem o olhar
A fala do solitário que, silencioso, se cala no tempo
Diálogos regulares e profundos apagados do coração
Na mesa de chá aguarda por sua desejada companhia

Pães frescos, bolinhos nas cestas da mais perfeita mesa
Requinte nos alimentos, perfume natural, olfato ativado
Paladar acentuado, sabores e quitutes, chegou o momento

Planeja presentear seu amor com lindas memórias afetivas

Mesa posta revestida de iguarias recita versos, voz tremida
Sons sensibilizam os sentidos com a mais bela musicalidade
Céu azulado, bolo de mel, brilho do sol e adoráveis mimos
Maravilhoso reencontro, suave aroma de café, pão e poesia

HORIZONTES
Diego Carneiro

Acordo antes do sol
Levanto voo com os pássaros
E me encho de caminhos

Carrego o essencial
Uma bagagem verdadeira
Poucas vezes não sei distinguir
Aquilo que me enche o peito de alegria
Daquilo que me mergulha em tristezas

Tento ser leve
E se a leveza não vem
Eu descalço os pés
E sinto o chão arder
E faço meu caminhar

Mas amanheço com as manhãs
E me renovo no sonhar
Sou menino à beira-mar
Que corre para molhar os pés
Enquanto enche olhos de horizontes

AMANHÃ É UM BOM LUGAR PARA IR
Dionísio

É bom acordar enquanto você ainda dorme.
Então eu volto com um café e te beijo.
O pássaro parado em cima do galho parece uma flor.
O sol ilumina a água do lago e o deixa parecer o céu noturno.
Não sei se vai para sempre ou para o cais.
À frente está o que traz e o que leva.
Eu enlouqueço um pouco que sinto o cheiro carnívoro da faminta flor da ilusão.
Que desvejo o futuro e desleio o dia, mas não o de hoje.
Lamento, eu não sei só acreditar.
Eu só sei querer saber.
Também não consigo ficar sem dançar, do meu jeito.
Também não dá para ficar sem cantar, do meu jeito.
Alcançar o ouro do silêncio.
Tudo é tão crepuscular
Que a vontade mantém à busca.
O que se junta durante a jornada são folhas passadas e águas secas.

HAICAIS
Duka Menezes

DIETA
Café sem açúcar;
O cuscuz tá sem manteiga.
O queijo, sem sal.

DIA
Um dia começa
Tão-só depois de você:
Café puro e quente

DESJEJUM
Dos mil grãos torrados
Até o nosso pão diário
— Café da manhã

ALVORADAS
Estela Maria de Oliveira

Pincelei a névoa da manhã
com as faíscas do pão fresco
e com a borra do café coado!

Brinquei com a saudade
do aroma do pão e do café no bule.
Colhi de volta versos matutinos.

Pastagem gelada, branca
contrasta com a borra do café e
pão quente e afetivo, dentro do meu peito.

TODAS AS MANHÃS
Edgar Indalecio Smaniotto

O galo já não canta,
O celular toca,
O mecânico barulho substituiu a natureza,
Mas não a pureza do momento,
É hora do café,

Café é aroma e gosto,
Café é prazer,
Café é amor,
Café é família,

Café com pão,
Café em família,
Café, pão e família,
Família e café com pão,

No aroma do café o amor se faz presente,
Na maciez do pão quentinho o amor se faz presente,
Na família em torno da mesa do café o amor se faz presente,

Todas as manhãs o celular toca,
O pai faz o café, a mãe o pão,
As crianças comem,
A família come,

Família, café e pão,
Amor com aroma, amor com gosto, amor em família,
Todas as manhãs a felicidade se faz com amor, aroma
    e sabor,
Se faz com família, café e pão.

O AROMA DO CAFÉ QUE TRANSFORMA
Liziane Vasconcelos Teixeira Lima

A janela balança forte
Tentando segurar o vento que grita
Ele insiste em entrar
Ah! Esta desordem externa
Que insiste em nos bagunçar
Nos tirar do trilho
Mas que trilho?
O fogão de lenha, a chama do fogo, o bule esmaltado, vermelho, dá sinais de fervura
Adentra ao "monólogo"
Pego a caneca esmaltada vermelha
Ela tem histórias
Transformações
Imersões
Ah!! E esta fumacinha deste café poesia
Mistura-se com a voz arranhada da fita cassete de Neruda
Que clama por sentir o derreter da manteiga no pãozinho
E se misturam neste derreter poético

O café, o pãozinho e a poesia que permite o vento adentrar a janela da alma

E tudo é envelopado com o aroma que sai da xícara esmaltada do vermelho que vive e pulsa... o pulsar de lágrimas que descem silenciosas

Alegres ou tristes???

Um pouco da vida

E isso basta!!! Assim são os cafés.... Necessitam do pãozinho e da poesia para se tornarem completos na incompletude da vida!!

TODO DIA É DIA
Fabiano

Todo dia é dia
De sorrir para a vida
De acordar cedinho
Disposto para o trabalho
E preparar um cafezinho
Todo dia é dia
De colocar a melhor roupa
E sair por aí alegre cantando
Com um lindo sorriso na boca
Todo dia é dia
De ler um bom livro
Viajar na imaginação
Ainda mais se lá fora está chovendo
O mais importante

É que algo aí dentro está crescendo
Todo dia é dia
De desfrutar de uma boa companhia
Dar belas gargalhadas
Lembrando de coisas engraçadas
Que aconteceram em eras passadas
Todo dia é dia
De recomeçar a vida
Ou de escrever uma simples poesia.

O DESPERTAR DA VIDA
Fê Kfuri

Olhar, ver, enxergar
Qual a extensão do seu campo ocular?
Observar, escutar, ouvir, sentir
Até onde sua visão te permite ir?
Novas visões, opiniões e ideias
Como se desconstruir?
Quebrar paradigmas, buscar outras perspectivas
Abandonar preconceitos
Praticar a empatia
Evitar comparações
Entender que existem outros universos além do seu
Filtrar as palavras
Usar o bom senso
Perceber que o outro também precisa de você
Exalar boas energias
Valorizar a simplicidade e a humildade
Atitudes que podem mudar o mundo de verdade
Construir relações inquebráveis
Apenas com o desejo de paz e felicidade
Ser inspiração, inspirar-se
Abandonar a inveja e o mal que nos invade
Sorrir com fé, alegria e coragem
Até que cada problema se transforme em miragem
Encontrar o verdadeiro oásis
Neste deserto mundo interior
Descobrindo que a base de tudo é o amor!

CANTO DOS PÁSSAROS
Fê Kfuri

Hoje acordei com o canto dos pássaros
Dessa vez, o canto foi diferente
Vívido, intenso, longo
Diria até exótico
Sem a princesa dos contos de fada cantando na janela
Apenas uma mulher comum deitada na cama
Gargalhando num riso descontrolado pelo amanhecer atípico
Feliz, em paz, realizada, grata pela vida
Vivendo a liberdade do que lhe faz bem
Com os olhos despertos pro mundo
Como parte de um universo imensurável
Apreciando o nascer do sol
Agraciada pelo marcante canto ressoando
Abençoada pela natureza
Agarrada à oportunidade de viver
Não um dia como outro qualquer
Mas um novo dia
"O" novo dia
Daqueles em que se levanta com o pé direito
Num "start" em tudo de mais gostoso que a vida tem a oferecer
Presente transcendental
Como um café quentinho
Daqueles que aquecem o coração.

VARAL
Felipe Secondo Perin

Depois de cada banho
De água fria
Da vida
Penduro meus afetos
No varal do tempo.
Alguns secam
Outros são levados
Pelo vento...
... e o amor?
O amor
É sempre
Pregador

IPÊ
Fernanda Trigo

O rosa cobre o chão
No céu, galhos floridos de verde
Gritam as maritacas

JANELA
Fernanda Trigo

Amanhece.
Olhos feridos.
O ar,
estranho habitante.
Há milagre no Sol.
Divino domingo.

Destempero que cura,
chama de volta.
Nua
vestida de alma
no passo dos sonhos
formigando vida.

Em casa
janela
de asas fluidas.
Domingo divino.
Choro
doce cantiga.

VOZES DA ORIGEM
Fernando José Cantele

O que vemos
O que nos olha
Os abismos
Os pensamentos
Refúgios
O despertar
Noite e dia
Desconhecidos
Caminhos errantes
Rios profanos
No corpo presente
De um sentido sem fim.

PERFEIÇÃO
Gabriella Giuberti

Tem o colo, que consola.
Tem o beijo, que arrepia.
Tem o abraço, que aconchega.
Tem o riso, que contagia.
Tem o choro, que alivia.
Tem você, que inspira.
E tem o café.

LÍNGUA DO PÃO
Gabriella Giuberti

posso
produzir
poema
poesia
prosa
por
puro
prazer
porém
preciso
primeiro
pedir
pão

SERÁ QUE SERÁ?
Gabriella Giuberti

Quanto se passou, eu não sei.
Foi tanto tempo sonhando.
Talvez sequer despertei.
Seria possível uma miragem tocar?
Será? Já não importa.
A água salgada que me molha os pés me diz que cheguei.
Diferente do apocalíptico profeta, em meu futuro,
    todos habitam à beira-mar.
As casas não se sobrepõem.
Não há disputa pelo melhor lugar.
Há afeto, muito afeto.
Tanto, que carência não há. Nem escassez.
Há transbordamento.
Encantamento pelo diferente.
Ordinário e extraordinário se fundiram.
Sonhar é como respirar.
Sou livre a ponto de libertar.
Sou rica a ponto de não possuir.
Quem fica o faz porque quer e, se vai, sabe que pode voltar.
Há prazer no trabalho e não é feito senão o necessário.
Esqueceu-se que um dia houve algo oposto à verdade, à
    beleza e à bondade.
Empatia e generosidade contagiam como o pólen.

O amor se impregnou nas profundezas e superfícies.
Como se do início ao fim de uma pegada no chão se escrevesse a palavra amor.
E do simples rolar de uma pedra também.
Eis, de fato, o maior dos prazeres desse tempo.
Reinventar ou descobrir novas formas de amar.
Se é, não sei.
Será.

A SUTILEZA DO AMANHECER
Geovanna Ferreira

A cidade acorda logo nas primeiras horas da manhã.
As cortinas abrem-se e os toldos começam a ser erguidos.
Os olhos daqueles que dormem são abertos como alguém sendo perseguido:
De maneira rápida e sagaz, através do despertador e o seu agudo som voraz.

O cheiro do café exala-se como um som leve e agradável.
Música para os ouvidos e odores às narinas!
Os pés se dirigem à cozinha,
Como passos doces, leves e agradáveis de uma perfeita bailarina.

O crocante do pão traz como prazer o mastigar de maneira leve e sutil.
O jornal que já fora utilizado anos atrás não serve mais, deixou de ser útil.
As notícias da pequena cidade são transmitidas através da TV.
Mastiga-se o pão e toma-se o café, enquanto vê.

A rapidez da sociedade não se dirige ao café da manhã.
Pode-se apenas apreciar a mais importante refeição?
A fumaça do café e o crocante do pão,
Trazem consigo a mais bela sensação.

Quão estranho é o fato de pensar que toda a cidade,
   neste exato momento,
Se delicia com seu café da manhã, a fim de manter o
   seu sustento?
As primeiras horas do dia são dedicadas ao imenso prazer
De deliciar o paladar e aguçar o olfato, ao que assemelha-se
   a um lazer.

Caro leitor, dedico-lhe as melhores sensações neste
   amanhecer.
Que o seu prazer se estenda além do café. Permita-se
   conhecer!
Conhecer o cheiro da vida e a sutileza do nascer do sol.
Para que logo após você inicie a correria das avenidas,
   e pare ao primeiro farol.

CAFÉ DA VÓ
Gustavo Pilizari

Um carmim bule; um plangor anestesiante
Serpenteante vapor me acolhia
E lembro dos oblongos óculos de minha vozinha, a fitar minha xicarazinha
Herança de memória
Trêmulas mãos de seca pele tostada
Hipnotizante manifestação
Sorvia o perfume desejando eternizar a candura do rito
Parecia Missa de Domingo, vivendo a Santa Liturgia
O aconchego abafado do fogão de lenha
Os estalos crepitantes
Existia uma dança ali, um rúbeo flamenco
A vida bastaria só ali: na imagem da vozinha conduzindo o café

... hoje, a caneca do Starbucks me afeta
Um objeto desafetado

Uma bela senhorinha veio se acolher do frio perto de mim
E, por um instante, queria que tudo voltasse
Só para ouvir minha vozinha dizer, "a vó fez café pra você, tem bolachinha quentinha"...

BEIJOS AMARGOS, SABOR CAFÉ
Hércules Santos Andrade

Não gosto do café,
Mas o tomo mesmo assim.
Café sem açúcar, ou adoçante.
Amargor sutil, energizante.
Não gosto do café,
Mas o tomo mesmo assim.
Café combina com partidas:
— Adeus, ócio… Olá, trabalho.
Não gosto do café,
Mas o tomo mesmo assim.
Café toma-se, não bebe-se.
Pois tomar é o ato de pegar para si.
Não gosto de café,
Mas o tomo mesmo assim.
Café tem o amargo sabor gostoso dos seus beijos.
Beijos que eu tomo com café para mim.

TERRA LINDA!
Hilda Chiquetti Baumann

No alto, o céu tão quieto
gigante, do espaço
mira aqui embaixo o grande
aquário azul
Na paisagem, o café
não discute, ele é poesia
Eu, quase inerte, procuro palavras
Ah! se os ponteiros do relógio
andassem mais devagar!
Não precisava de todo parar
apenas fazer mais longos os dias
Sendo um pouco mais lento
talvez fosse possível alongar as horas
Não me pergunte a razão
eu não tenho.
Só queria
mais tempo
para um café.

CAFÉ DA MANHÃ
Iris Manfredo

Da vida o que eu tenho pedido
é a máxima da explosão.
O meio-termo tem sido
tudo aquilo que julgo como não.
E há, ainda, lá vindo
o que por sorte, desconheço.
O belo, o terno e findo
é sempre o recomeço.
Da volta, do giro e da roda
a faísca é o acender.
Deixo o sopro sempre lá fora
para aqui dentro somente arder.

AMAR
J. T. Estevão

Eu não quero só ter você...
Só seus beijos, seu corpo como romance clichê...
Quero chegar ao seu coração
Demonstrar de um modo leve
Todo meu afeto, minha paixão...
Eu quero pertencer ao seu mundo
Sentir todo o seu amor de um jeito profundo...
Me envolver, me entregar
Sentir toda sensação de estar no paraíso...
E esquecer o caos lá fora
E me deixar levar pelo seu sorriso...

PASSAGEM
J. T. Estevão

Se valorizar o tempo que temos
Resgataremos a existência que abstemos
Saberíamos explicar o detalhe dos sorrisos
O rolar de uma lágrima a um coração indeciso
Adoraríamos mais o pôr do sol ao brilho da estrela
Do acordar com o barulho dos pássaros ao entrar do sol
    pela janela
Sentiremos mais as brisa das estações
Revitalizaremos com todas as sensações
E assim, entenderíamos mais sobre a brevidade da vida
Ressignificar os temores sem se sentir absorvida
Transformaremos nosso valioso presente o tempo
E que não poderíamos obter mais se acabar nosso momento

O AROMA INSPIRADOR
Jadilson Gomes da Silveira

Na manhã Amazônia, ao despertar,
Sutil é o cheiro dos grãos torrados,
O café é uma espécie de néctar,
Seduz de modo único com suave essência.

O aroma se espalha delicado e urgente
Penetrando nossas narinas, acalentando a mente,
Um convite ao despertar, um novo começo,
No coração, esperança, nas pessoas, sorriso.

O café, líquido forte, fortaleza matinal,
Desperta sentidos, distrai pensamentos,
Em cada gole, o sabor da vida a se revelar,
Energizando conquistas, alimentando o caminhar.

Na Amazônia, terra matura, fortalecida, encantada,
O café matutino é presente divino, destino.
Com sua doçura e força, abraça nossa humanidade,
Em cada xícara, mais que líquido, vitalidade.

Desperta-se cedo, com a aurora,
Enquanto o café vai exalando a flutuar,
Um gole de ânimo para o dia enfrentar.
Cada gole, uma pequena parada na estação do tempo.

A rotina é temperada pelo néctar da manhã,
O café, fonte de energia desejada,
Na Amazônia, de beleza singular,
Sabor, aroma de uma jornada inspirada.

PERDÃO: MAGOASTE UM CORAÇÃO
Janete

Não venha me pedir perdão
Se magoaste um coração
Não venha dizer que errou
Se você sabe bem fundo

Que muito me machucou
Você mentiu, me traiu
E muito me enganou
Agora voltas novamente

Querendo de volta aquele amor
Esqueça, não há mais jeito
Aquele amor que sentia
Por ti aqui dentro do peito

Morreu, sumiu, naufragou
E dentro do meu coração
Só restou um vazio que ficou
E nada mais por você restou

A não ser uma simples dor
Por saber que te amei
Me entreguei, te adorei
Te dei todo o meu carinho e amor
E você simplesmente nunca me amou

BEIJO DE CAFÉ
Jaqueline Ferraz

Entre o bocejo e o café
Há um sonho que amanhece.
Junto com o pão,
Um alimento, uma prece.

Ainda com olhos semicerrados,
Permaneço entre o ontem e o agora.
Resisto a essa força latente,
De levantar e olhar para fora.

Ainda não acordei,
Decerto espero um chamado:
Entre o gole do café coado,
Do gosto do pão amanhecido,
Um beijo do meu amado.

PRETINHO
Jessy Ribeiro

Teimoso insiste em me acordar
Seu perfume passeia pelos cômodos em um só convite.
Anseia sua função, num toque sutil
Um lábio quente, fumaça dissipada
Tão odiado e amado na mesma proporção

Mas não cria angústias!
Sabe de seu poder renovador
Seu cheiro traz aurora
Diz sua chegada
Desperta a alma
Cura ressaca
Autêntico não espera luz

Muitas receitas lhe cabem
Sabe partilhar!
Não é egoísta, amigo de toda hora
Acompanhado ou sozinho
Conduz mágica no paladar

Com muitos nomes sabe onde quer chegar!
Pelas mãos do trabalhador faz ecoar
Aquilo que todos um dia hão de experimentar
Mais cedo ou mais tarde
Café.

VEM CÁ FÉ
Jô Valente

Quer saber?
Entre ter e ser
O bem e o mal
A guerra e a paz
A tristeza e a alegria
A miséria e a riqueza
Vivendo essa dicotomia
Esse dilema que me compraz
Quem diria?
Que o que eu quero mesmo
É que o mundo se acabe
Em amor abundante
Próspero, pungente
Tal qual o sabor e o aroma
De uma caneca de café
Que ao alvorecer
Acompanhada de um pãozinho
Nos remeta ao carinho
De aconchego da alma, de colinho
Preenchendo os vazios de viver

O BOM CAFÉ
Joice França

Um mistério traz toda manhã
não se sabe como o dia termina,
mas para começá-lo é preciso fé,
partilhar a mesa e uma prosa boa
criar laços quentes e tão fortes
quanto o sabor do bom café.

O aroma que aproxima
tem gosto de recomeço.
Um gole, por favor!
e o aconchego de uma companhia,
torna cheia a vida
de amor transborda essa xícara vazia.

De gole em gole
lá se vai uma manhã,
uma tarde,
um dia…
a vida.

ANTES DO AMANHECER
José Cerqueira

Antes do amanhecer estarei acordado para ver o que o mundo traz de bom para mim.

Sentirei os primeiros raios do sol, os perfumes, vários, exalando dos campos floridos.

Sentirei o despertar dos pássaros cantando, um aqui, outro acolá.

Antes do amanhecer sentirei as gotas de orvalho que permanecem nas folhas, nas flores e na vidraça da minha janela.

Antes do amanhecer verei você, ainda dormindo, linda, rosto sereno, de paz e de amor.

Diante deste cenário,
Uma pintura viva que a cada instante se transforma, ficarei passivo, contemplativo, ainda um pouco sonolento, enquanto a água ferve para o primeiro café desse meu dia.

MANHÃ DE INVERNO
José Wellington Lemos

Vento frio e manso
a acariciar a pele,
alimentando a alma,
refazendo energias e a
empurrar a madrugada
para um outro amanhecer.
Desperto-me,
levanto-me e
encharco-me do café quente,
de cheiro agridoce,
a fumegar na xícara.
É a certeza
do agora,
do estar vivo,
do pulsar forte e latente
que explodem de mim.
É tudo.
É lindo.
Sou EU inteiro e cheio de um
DEUS
em mim.

DAS SETE E TRINTA ÀS OITO
José H. C. Resende

Bem cedo, direto pra cantina.
Café, pão de queijo e requeijão.
Eu, ele e o vô da Valentina.
Vou demorar, aumente a água no feijão.

Sempre às segundas e quartas-feiras,
religiosamente como bater o ponto.
Em frente a lírios e palmeiras,
na mesa quadrada, este contraponto.

Naquele lugar, onde até faço cura,
tem gente que precisa de ambulância.
Onde bananeira vai dar com fartura,
e pé de manga em abundância.

Se comida pode virar poesia,
Do infinito até mais além.
Te amo! Digo mil vezes por dia,
para ouvir muito mais: eu também.

Quem é este tão maravilhoso?
O "ele" é meu filho, é claro!
Muito mais que lindo e formoso.
É bom, muito bom e raro.

Tudo isso acontece lá na clínica
de muitas especialidades, um pouco.
A forma é sabiamente violínica
e o atendimento perfeito, tampouco.

MINHA SUBJETIVIDADE NO MUNDO
Ju Veras

Amanheceu e o sol entrou, mais um dia,
Pelas rachaduras da minha janela,
O sol bate em meu rosto, entendo que começou,
Mais uma jornada para viver e sonhar.

Em conhecer um mundo que quero por aí vagar,
O mundo é tão grande, né,
Como conseguiria eu
viver nele sem o desejo de explorar?

Nas asas do vento, vou voar,
Em paisagens novas me embrenhar,
Descobrir lugares onde nunca pisei,
E sentir a liberdade em cada passo que dei.

Montanhas majestosas, rios a correr,
Florestas densas, mistérios a esconder,
Culturas distintas, histórias a contar,
Sigo adiante, sem medo de me arriscar.

Na imensidão do universo, sigo a trilhar,
Cada estrela brilhante, um sonho a realizar,
E ao fim do dia, sob o céu estrelado,
Meu coração se enche de gratidão e paz.

Pois a vida é feita de desejos a explorar,
E cada jornada é um novo se encantar,
Com a beleza que o mundo tem a ofertar,
Amanheceu novamente, é hora de continuar.

SIGA EM FRENTE
Juliana Paiva Lyra

Bom dia.
Mais uma vez ele chegou,
Abra os olhos,
Desligue o despertador.

Eu sei, o medo é tão ruim.
Desejo que ele logo passe,
A cada dia o sol nasce
E toda dor tem seu fim.

Que nossos sonhos de criança
Não sejam só esperança,
Mas se tornem realidade.

E o que na vida a gente planta
Não seja só colheita branda,
Mas nos afaste da maldade.

Todos querem pertencer,
Um grande amor poder viver
E as conquistas compartilhar

No mundo que idealizamos
Só ao bem nos apegamos,
Mas o real não é assim.

A gente ri, a gente chora,
A gente até se apavora,
Mas siga em frente,
Confie em mim (confie em si).

CAFÉ COM PÃO
Kaique Fortes

O sol insiste em nascer, apesar do frio batendo, antes mesmo de amanhecer
O relógio da vida me faz acordar, eu ali aconchegado no sofá, sem saber o que fazer
Meu pensamento voa com o vento, eu me lembro do Clube da Esquina, dos versos de Milton Nascimento
Levanto meio atordoado, fixado em uma canção, vislumbro o Trem de Minas ouvindo Café com Pão

Ponho a água pra ferver, o fogão assobia de alegria, pego a garrafa, o pó de café, e aí o resto já é magia

Um perfume forte vem e invade o pequeno lugar, os vizinhos
   despertam querendo essa sede matar
O primeiro gole de café faz a minha alma voltar pro corpo,
   o sorriso traz vida a tudo que estava morto
Um pãozinho na misteira junto com o queijo do interior,
   a cozinha é família e também faz surgir amor

Oro a Deus, agradeço o dia, alimento as reflexões, sento
   à mesa, molho as palavras, inúmeras sensações
Ligo para os meus pais, é momento mais sagrado,
   conversamos sobre a vida, sobre o certo e errado
A vida é como um trem passando pelas estações,
se bobear perdemos a parada e também as emoções
É sábado, meio-dia, tenho que lutar contra o tempo,
almoçar, fazer fézinha e correr para um casamento

CONTEMPLAR DA VIDA
Karina Paulino

Ah, as manhãs!

Elas sempre reservam
Um mistério sobre o dia

O café coa, o vento venta
O açúcar adoça
O bolo cheira

Nessas idas e vindas
Tanta coisa passa despercebida

Mas tem coisa que incomoda tanto
Que não dá nem pra pensar
Em andar com aquela pedrinha...

Calma!

Dou um gole no café
E um respiro para a alma

Me mata de encanto
Quando a vida flui
Nesse tanto

CORPO, SENSAÇÃO E CAFÉ
Karina Zeferino

Pela manhã ainda deitada alongo meus abraços
Neles estão a esperança que preciso para hoje
Estico as pontes nas quais caminho com persistência
Lutando dia após dia com resistência

Abro meus sonhos e os esfrego com delicadeza
Através deles enxergo com clareza
Pisco para que mirem cada vez mais longe
E realize-os com consciência

Piso no chão meus desejos ainda descalços
Caminho através da saudade que deixou o palco
Por ora devagar e com dificuldade
Para um dia alcançar a liberdade

Escolho o método que em encoraja minha lucidez
Fervo a água que esquenta minha coragem
Despejo o pó que motiva meu discernimento
Misturo tudo com amor e encantamento

Seu cheiro desperta minha vida
Seu equilíbrio provoca minha força
Sua temperatura aquece minha determinação
Seu gosto atiça meu lado aventureira

E é só depois do café que me tenho por inteira!

HAICAIS
Khalifia

POSSO ANOTAR SEU PEDIDO?
Moça, quiçá possa
Na poça, beber um mocca
Da roça, em tua boca

ATÉ LOGO, CIGARRA
Prazer não se mede:
Quando Aurora se despede
Um café se pede

XÍCARA D'ALVORADA
Do filtro a fruição
Despertar organoléptico
Borra brinda o dia

CAFÉ E PÃO PARA A ALMA
Lenir Santos Schettert

Para muitos o dia começa com uma prece...
A prece é como uma luz a iluminar a vida.
Para outros o dia começa com um banho quente
Que ajuda a despertar com alegria.
Há quem comece o dia com o coração
Repleto de saudades de quem já partiu...
E outros começam o dia com pão e café
E com seus respectivos cheirinhos
Que mexem e remexem com as lembranças...
Quem não se recorda do cheiro do café quentinho
Passado no coador de pano no bule esmaltado?
E do pão feito no forno de barro que as vovós faziam?
Lembrar do cheirinho do café e do sabor do pão
É recordar da vida com os encantos guardados
Na memória que mais parecem poesia, pura poesia,
Pois são perfumes, cores, beijos e abraços
Preservados no coração e na mente
De quem vive a vida com amor e fé...
Sonhos, risos, realizações e lágrimas
Chegadas e partidas de amores
Que hoje habitam nossa memória
E que através do pão e do café,
Em forma de poesia, alimentam
Nossa alma com doçura, saudades e esperança!

UM BANHO DE CIDADE
Larissa Iroas

Hoje fiz um passeio comigo mesma, com o ser que integra toda essa urbanicidade.
Me apaixonei por São Paulo novamente.
Tive a ideia de passar o dia numa praça, e voltei como se tivesse saído de um banho de mar. Sabe aquele calor interno de ter tomado sol o dia todo?
Me senti na praia no meio da maior cidade da América Latina.
Pude sentir a grama em volta do meu corpo me preencher de inspiração e pura calma,
Tudo o que eu mais queria era estar longe da cidade cinza.
Mas me lembrei que ela pode (e é!) uma multidão de cores.
É que daqui de dentro é tudo tão caótico,
que esquecemos de parar (só) e admirar o céu.
Se ficarmos presos na toada do dia a dia
Vamos nos fechando (é normal)
Pouco a pouco, vamos nos desconectando
Nos perdendo.
Nos esquecemos dessa força gigante que temos dentro de cada um de nós

Dos momentos simples, porém especiais.
Foi mais um dia normal, mas tive a plena certeza
De que fazemos parte
E ocupar lugares
Pode ser simplesmente estar.

----- notas de rodapé ----
Que as pequenezas do dia a dia nos fortaleçam
Como frestas de céu de quem somos
No meio dos escombros
Nos lembrem de sorrir :)

CONTO
Léo

o pássaro, na madrugada,
começa seu canto
para que os humanos acordem
sob seu manto melódico

ninguém presta atenção
vida apressada
uns, pela labuta da sobrevivência
outros, voltados para sua vida medíocre
ninguém presta atenção

o pássaro
toma a cor das folhas secas...
entristeceu
e ninguém presta atenção

mas o pássaro
não prestou atenção
no poeta
que o cortejou da janela

o poeta ficou tão encantado
com o pássaro e sua canção
que fez um poema

TACITURNA SORTE (ou memórias de uma embriaguez)
Lígia Nunes

No parto da noite
Resignado, o Sol fenece.
E sem velar o defunto,
a Lua se impõe,
Selvagem
tal qual a fêmea que amamenta sua prole.

E na tentativa de se tornar permanente,
embriaga os teus,
sem sorte:

Embriagados, resistimos aflitos,
sem lealdade
com a constância do tempo
e o destempero do acaso.

Engraçado é que de pensar nisso,
a dor piora.
Mas a gente não chora,
porque logo se brinda
a melodia da aurora.

CAFÉ COM PÃO
Lolita Garrido

Café com pão, bolacha não!
Café com pão, bolacha não!
Assim, uma brincadeira de criança,
Nos traz recordações, cheiros e sabores da infância.

Café com pão, bolacha não!
Piuí, piuí, piuí… fazíamos um trenzinho
Ou até mesmo um aviãozinho!
Desde que não faltasse um cafezinho!

Tudo era motivo para tomar mais um pouco de café
Com pão fresquinho da padaria da esquina.
Era só começar uma brincadeira
De crianças traquinas!

E hoje, crianças-adultas que somos
Já acordamos agradecendo…
Em manhãs ensolaradas ou sombrias
Ao café com pão de cada dia.

A ARTE DE VIVER COM FÉ, CAFÉ, PÃO E POESIA
Lord Lee

Como é bom acordar com alegria
Agradecendo a Deus pela dádiva da vida
E o pão nosso de cada dia
Juntando as mãos em oração
Para professar a nossa fé
Pois temos pão, poesia e café
Um café forte e poderoso
Como minha fé inabalável nesse Deus glorioso
Um pão quentinho e saboroso, como um abraço carinhoso
E poesia que transforma nossos dias em arte e magia.
Então vivamos com fé
Esperança e café
Pão e energia
Poesia e alegria

ETA CAFEZINHO BOM!
Lu Dias Carvalho

A labutação na cozinha de minha avó Otília era
um mexe-mexe infindo, chegava noite e saía dia.
Uns vinham pro café da manhã, outros da tarde,
para um dedo de prosa ou mesmo por cortesia.

Na trempe morava o caldeirão com água quente.
E na chocolateira, uma peça constante da chapa,
o café retinto esfogueava a língua das gentes que
ousassem sorver, apressadas, o líquido fervente.

O corpudo bule acovilhava o pretinho cheiroso,
ao qual eram acrescidas umas colheres de raspa
de rapadura, tudo a gosto dos participantes, já
desejosos de saborear a tão deleitante mistura.

Quando chegava à casa uma figura importante,
servia-se o café no bule azul-escuro esmaltado,
junto a canecos coloridos, também de esmalte,
que jaziam na parede em tornos dependurados.

Uma bandeja redonda, feita de folha de flandres,
forrada com uma toalha de saco e bico de crochê,
abundosa das mais apetitosas iguarias mineiras,
era pilotada pelo aposento por mãos sem brevê.

Os adultos ainda podiam contar com os licores:
jenipapo, umbu, figo, pequi, laranja e maracujá,
bebidas divinas que a nós, desgostosas crianças,
criadas sob os trâmites legais, só cabia cheirar.

SEJA BEM-VINDO
Luciana Beirão de Almeida

O sol desponta na minha janela
Anunciando o dia que inicia
Um raio de esperança
Iluminando a escuridão

Vem, sol,
Aquece a minha alma,
Acaricia o meu espírito,
Me traz felicidade.

Me traz força,
Acolhimento,
Quietude
Paz.

O CAFÉ INSPIRADOR
Magdiel Almeida

Ao despertar no final da madrugada, o gás havia acabado
Pensei não haver mais nada, fito o olhar no fogão a lenha
E do bule saía o aroma irresistível daquele cafezinho gostoso,
Feito por minha mãe para partilhar com a garotada.
Ao raiar de cada dia, gratidão ao nosso Senhor,
É a primeira coisa a ser falada, orar e cantar louvor,
Depois vem um bom cafezinho acompanhado com cuscuz
Ou de uma crocante torrada.
Gosto de vários sucos, mas um bom cafezinho, este não troco por nada,
Quando chegam as visitas, passo logo um novinho,
 para servir na roda de prosa, enquanto o tempo se passa.
Lembro de um belo dia em que meu semblante entristeceu,
Era de manhã bem cedinho, o café não apareceu,
Logo me veio a lembrança, ontem à tarde os caroços ninguém moeu.
No final da tardezinha, na frente da casa pouco movimentada,
Caderno e caneta nas mãos para as linhas serem anotadas,
Porém te confesso de coração, das tardes gosto mesmo
De tomar um bom café lendo as escrituras sagradas.

O LAVRADOR DE CAFÉ
Marcela Hallack

A Portinari

Braços fortes
Pele escura colorida pelo vermelho
da terra que cultiva,
pelo sol que arde no céu imenso, intenso.
Vermelho suor
que escorre da face.
Vermelha semente
que entranha na terra vermelha.
Vermelho fruto
que colhe,
grão que abunda
nosso chão fecundo.
E a colheita cheira café preto
na casa de todo dia,
na minha mesa, que espreita,
de longe,
na xícara,
a enxada,
o sol,
a pele escura,
a terra vermelha,
o chão fecundo.
Braços fortes
Bom dia

EVOÉ
Marcela Hallack

Entre o asfalto duro da fábrica
e a areia macia acariciada pelas ondas salgadas
e a areia macia banhada pelo mar de morros,
jorra fonte onde me adoço.
Solo que me forja é tênue, passageiro, suave.
Solo que me acolhe sangra,
como sangra aquele que acolho eu.
Pulsa sonoro canto evoé,
que ecoa todas as vozes do mundo.
Vento árvore relinchar de cavalo
latido de cão brabo na porta
onda onda onda
marola mansa e agitação ressaca
martelo no prego motor de carro longe lá embaixo
dança de folhas palmeiras sambando
máquina de lavar batendo
bebê chorando criança brincando
bola saltando
dedos cantarolando no braço da cadeira
ao fundo flauta apito de trem maritaca
canto meigo de mulher
onda onda onda.
Vulcão de lava rubra sangrando macio no solo do infinito.
Evoé adoça meu café.

CAFÉ, PÃO E POESIA
Marcos Alves

De manhã se levanta ao raiar do sol,
Ou quando o galo se põe a cantar,
Para um café abençoado tomar,
E daí a labuta do dia começar.

O café, com ou sem açúcar do pão,
É parceiro para dar vigor às mãos,
Pão assado ou frito, que sustenta
E a todos levanta.

Ao fundo, no rádio se ouve o locutor,
Que para alegrar o dia declama com amor
Uma poesia que fala de paz e labor
E aos ouvintes levanta a honra de batalhador

LAMPEJOS DA ALVORADA
Marcos Kelvin

Acordei
Amanheceu e a cor que me deu
Um tom que foi clareando
O mesmo tom da canção soando
Tonalidade do canário, amarelo em sol maior
E ele raiou, irradiou
Invadiu as frestas de minha janela
E eu deixei entrar essa paisagem bela
Havia beleza em cada lugar
E a fonte da beleza era o calibrado olhar
O dia começou e o café ia passar
Ficou o aroma e a arte do saborear
A lareira caseira e pão pronto
Alimento feito na medida, no ponto
Parecia um conto
E se eu não conto, ninguém acredita
Que a vida é bonita, é bonita e é bonita

CAFÉ COM PÃO!
Maria de Fátima Alves de Carvalho

Na minha infância eu não tinha
O sabor do café com pão
Uma coisa necessária para a gente crescer
Mas isso eu nunca tive
E ainda hoje sinto o cheiro
Do café que me faltou
Até eu atingir a fase adulta
E começar a trabalhar
Aí então, eu me fartei no que me faltou
E daí em diante nunca mais eu passei fome
Deus me deu a profissão de professora
E ela me bastou para que eu saísse da miséria
E gozasse de uma vida cheia de sonhos
Passando a viver uma vida de fartura
Onde nunca mais me faltou nada
E pude, inclusive, ajudar muitos alunos
Que como eu sofriam pela falta da comida
Hoje eu tenho meu coração
Cheinho de gratidão ao nosso Deus
Porque quando a gente se agarra a ele
A providência chega no tempo certo
Obrigada, Pai, pelo pão na minha mesa!

CAFÉ DO SERTÃO
Maria de Fátima Fontenele Lopes

No amanhecer ensolarado
Cantarola o lindo bem-te-vi
Respinga fininho no telhado
Desperta a mais bonita flor.

Tem a fragrância adocicada
Da doce lavanda na varanda
Do perfume da rosa laranja
Da terra molhada do sertão.

O cheiro do cravo amarelo
Da moça vestida de chitão
Do belo jasmim no terreiro
Da lenha ardendo no fogão.

Da essência da dama-da-noite
Do alecrim plantado no chão
Da florescente cor da primavera
E do fresco cafezinho com pão.

MEMÓRIAS DE UM CAFÉ
Marilda Albino

Nada faz sucesso sozinho.
O café sempre pede um pãozinho.
Na terra, cultivados,
banhados de sol e chuva.
No tempo certo, o fruto é gerado.
Ceifados foram!
Transformados em frutos secos, moídos.
Embalados e comercializados.
Do pó do café, temos o nosso cafezinho.
Da farinha do trigo, temos o nosso pãozinho.
Tendo assim, os seus aromas exalados.
Com o olfato, os cheiramos.
Com o paladar, os saboreamos.
Com a visão, os admiramos.
Memórias gustativas e afetivas
marcam nossos corações.
Umas pela fartura, outras pela escassez
tanto de alimento como de afeto.
De dias já vividos e jamais esquecidos
na hora do café.
Assim como esses dois grãos,
nós, seres humanos, também sofremos transformações
em nossa matéria para viver no infinito.

BOM DIA, COM CAFÉ, PÃO E POESIA
Marisa Prates

Bom dia, com café, pão e poesia
As broas eram de milho
Os dentes do garfo as tocavam antes dos meus
O aroma saído do forno pressupunha afago de Deus
O café borbulhava no filtro de pano
Exalando um perfume inebriante e sagrado
Uma saudação matinal adentrava pela janela
Carregando raios de sol, em delicada sentinela
Misturando-se à fumacinha desenhada na cozinha
A sonolência aos poucos se dissipava, sumia
A boca salivando, a narina sugando, o coração dançando
Mesa posta: café, pão, manteiga, broa de milho
A espera se tomava de cristalina euforia
Uma doce composição de aromas e alegria
Disputavam sensações de pressa e de tardança
Os anjos da manhã se faziam presentes
Dando conta de um ritual de pura sinergia
Permissão para deleitar no olfato e gozar no paladar
Bom dia, com café, pão e poesia

CAFÉ, PÃO E POESIA
Marislaine Gonçalves Meira

Quem não gosta de café
Bom sujeito não é
Pro dia bem começar
É só um café coar

Tem café de maquininha
Que vai bem com uma rosquinha
Tem café na confeitaria
Com torta alemã, que alegria!

Na padaria: um cafezinho, por favor
Um pão na chapa, com manteiga e muito amor
Se o café for com leite, fica melhor ainda
Capuccino com chantilly então, que coisa mais linda!

Tem quem gosta de café preto
Ou sem açúcar, eu não me meto
Tem também o café expresso
Por esse eu já me interesso

O que importa é que um cafezinho sempre vai bem
Em qualquer hora e não faz mal a ninguém
Acompanhado de um bolo e de um pãozinho também
O de vó e o de mãe então, aí é o melhor que tem!

Seja qual for o seu preferido, vai na fé
Porque tudo fica bem depois de um café
Eu mesma nessa vida nada seria
Sem café, pão e poesia

PÃO E FRATERNIDADE
Marli Beraldi

Enquanto prepara o pão,
Pensa na fome que aflige o seu irmão.
Ainda mantém a esperança de um mundo
Cuja fraternidade impera, sem cautela.
São quatro ovos dissolvidos lentamente
O branco do açúcar tenta, por sua vez, se destacar.
Uma xícara apenas pode fazer tudo mudar.
Dois copos apenas, agora ele entra em cena.
Alimento sagrado de todas as gerações
Consagrado, cobiçado, morno e delicioso.
De medida inexata, depende do tempo, do momento.
Surge nele a esperança de ver tudo florescer e crescer
É ele movimento, é fermento.
De repente, inconsequente, uma fina chuva de farinha surge
Rouba a paz homogênea, tranquila, serena.
Novos tempos de ebulição, é uma revolução.
Um fio amarelo e tão singelo,
E o sal? Afasta todo e qualquer mal!
É preciso união, meu irmão, para esse inimigo, a fome vencer.
Pão sagrado e abençoado
Enquanto prepara o pão,
Pensa na fome que aflige seu irmão.

A MESA
Marlyane Rogério

A mesa que acolhe meu pranto
Também inspira sonhos
Onde penso no que fazer
A mesma mesa que me viu comemorar
Me viu vibrar, já me viu vencer
A mesa já viu desamor, já me trouxe dor
Que me fez crescer
Ela já me viu sofrer, já me viu amar
Já me fez esquecer, me fez renascer
Nela já me senti plena, sentei com gente pequena
Essa mesa tem lugar, não só no bar
Que eu chamo de lar
Aqui eu fico a observar o movimento da rua
O balançar dos ombros a gargalhar
E todos que vêm estudar
Aqui é onde eu respiro
Onde eu me realizo, onde eu me inspiro
Na mesa eu me divirto
Eu crio, sinto e acredito
Mas a mesa não fala, não toca, não cria
A mesa já está cansada de ser apoio
A mesa já cansou do meu choro
A mesa não quer nem me ver
Mas está disposta pra mim

O CAFÉ
Matheus Câmara Salvi

Dizem que não se faz amigos bebendo leite
Mas bons amigos se faz com café
Os bons momentos estão em torno da partilha
Do pão, das risadas e da mesa

Tomar café não é só
Ingerir um líquido qualquer
Tem um ritual envolvido
Que faz com que aquele cheirinho
Envolva a casa toda
E todos digam: que cheirinho bom!

O café sempre está acompanhado
Do pão e do leite
Aquele pãozinho caseiro
Que sai do forno quentinho
E vai para a mesa esperando ser partilhado

Nesse instante, acontece a mágica
A partilha das memórias
De sorrisos e momentos
Que ficarão marcados

Fazer café é um gesto de carinho
Não é só café
É dizer para todos à sua volta:
Você é especial!

LIÇÃO DO CAFÉ DA MANHÃ
Maureni de Andrade

Mais um dia amanheceu,
O café da manhã vou degustar
Enquanto isso fico sozinha,
O café quente a esfriar
E o pensamento a imaginar
O amor-próprio é como cafeína
Quem tem é cabal parece uma proteína
Não precisa do outro para anuição
Que cheirinho bom é vindo do pão
Na vida é exalado esse aroma e frescor
Quando tudo é feito com amor
Pela manhã já recebemos tanto sabor
Olha a cremosidade que tem no requeijão
Melhora demais o sabor que tem o pão
A alegria que temos interiorizada
É como a cremosidade do requeijão
Traz mais sabor aos dias de solidão
A xícara e o pires têm muita dureza
Assim como a vida quando não vemos riqueza
No que não tem preço, nos gestos de gentileza
Na companhia, no acordar e na atenção
Um simples café da manhã traz muita lição.

CAFÉ INTENSO
Meire Defante

Não aturo mais cafés frios,
Amores vazios,
Gente que não se afeta e não se deixa afetar,
E abraços sem ternura e sem se demorar.

Porque cafés não são bebidas,
Mas experiências,
E a vida merece ser experimentada,
Na sua essência.

Assim são os amores,
Momentos únicos e intensos,
Eternizados em qualquer lugar,
E a qualquer tempo.

Já as pessoas, essas eu as quero se me quiserem,
Sem forçar, com leveza,
Sem grandes transformações e sacrifícios,
E que na minha vida sejam surpresas.

Ah, mas os abraços,
Eu os quero demorados,
Daqueles que acolhem e afagam,
Próprio dos enamorados.

MOÍDO, COADO E ADOÇADO
Joyce Magalhães

Esse líquido espesso, expresso, escaldante,
que ferve o corpo inteiro,
tão dentro, o calor, o aroma, o sabor
que escorre língua abaixo,
delicia até o pensamento
que aviva diferente sob efeito de sua química,
desperta para um olhar mais apurado
a memória guardando cada estímulo
e atiçando outras escondidas,
de xícaras e manhãs e tardes,
na cama, na mesa, em público,
dividindo o momento, adoçando e acompanhando
açúcar, leite, mel, ou outra língua
que aguçasse seu amargo tão característico.

ACROBATA
Mônica Lobo

Preparo o café no coador de pano
suspenso como acrobata
no anteparo de ferro colorido
A coagem é vagarosa e arredondada
A bebida quente brota escura
como água de nascente de noite
faz um som cheio de ecos úmidos
na xícara preta e dourada
com seus dragões orientais
empoleirados em meus dedos

O vapor do café se dilui no vento frio
este folheador intruso dos livros
como se no acordeão tocasse
a música das árvores na tempestade
Olho para a janela e a liberdade é azul
Leio alguns poemas azuis-cristalinos
Como o mar, as braçadas ritmadas
das aulas de natação de manhã
aquele estar e não estar no mundo
A água pode ser um estado de paz

AMANHECER
Mônica Peres

Quantos despertares promissores?!
Esperando uma paisagem controlada...
Talvez um céu somente anil
Talvez um dia nublado, frio, mas aconchegante
Mas todos os dias considerando, na perspectiva de um café da manhã, que desabrochasse em contentamentos
Que anunciasse como um presságio de boas novas, que vislumbrasse algo excepcional
Sempre a imaginar, acreditar e esperar...
Ainda assim, brumas surgiam e...
Ilusão?!

SILÊNCIO CÓSMICO
Monicah Praddo

Escuto o silêncio
Ouço uma voz intermitente onde ecoa
Uma vibração cósmica sob asas
Que me invade como além que vem...

E nesse momento do contato cósmico
Silêncio...
Ali repousa minh'alma
Como se fosse relva

De repente
Espetaculares e cintilantes plêiades
Riscam o firmamento

Facetas de mim se espalham
Nesse espaço sonoro cristalino

Galáxia... unidade... memória
Universo e colisões

Há sonoridade em todo o meu corpo
Só respondo por um nome:
Sopro de vida
"O amor".

TRINÔMIO DA FELICIDADE
Neusa Amaral

Café pão poema   (05)
Alimentam corpo alma   (07)
Pela vida inteira   (05)

Poema para alma   (05)
Ouso indicar Turbilhões   (07)
Entrelinhas: Lura   (05)

Para cada verso   (05)
Beijo com sabor café   (07)
Ao nono: clímax é!   (05)

PS. Duvida? Prova dos Nove!

AROMAS E SABORES DE UM AMANHECER
Paulo M. Q. Resende

O som do coração, em pergaminho, é riscado.
Com o café pungente, nasce a alvorada.
No pão, linhas de um enigma desvelado.
Em versos e vozes, o dia é inaugurado.

A luz corta o manto da lua,
onde sonhos e sabores residem em quietude.
Um convite ao despertar se insinua,
com o sol brilhante em latitude.

A gota de orvalho evapora
no compasso de um amor que se entrega.
Em cada estrofe, uma melodia aflora,
salvaguardando a doce poesia que nos cega.

Em mãos, a tradição do grão se desvenda.
Aromas e sabores num bailado sublime.
Histórias que o tempo, paciente, emenda,
para eternizá-las na tela de vime.

Um espetáculo tangível, sempre presente,
desenha um mosaico vibrante de alegria.
Revigora um sentimento ardente,
em uma reflexão de energia.

O saborear do pão ainda quente,
Evoca em nós nostalgia e devoção.
Um abraço transcendente,
com uma xícara de emoção.

UMA NOVA MANHÃ
Poeta Kandimba

Hoje está uma bela manhã,
Dá para ver o mar,
A paz da cegonha
E os pássaros a se amar!
É para ter esperança,
Começou bem o dia,
Arruma-se com confiança
E coloca no rosto a alegria!
Pega a chávena com certeza,
Respire o aroma do café!
E sinta a energia da natureza,
Abrindo os olhos com fé!
Abra a tua porta da mente
E saia do teu costumeiro,
Liberte o inconsciente
E viva voando como pássaro!
Nesse novo dia faça amizade,
Com o teu eu mais profundo,
O teu eu de verdade
E verás o brilhar do mundo!
Dá o primeiro passo,
Com vontade de viver,
Parece difícil no começo,
No final vais rir e ver!

CAFÉ-DESPERTADOR
Pri Cassioli

Felicidade é amanhecer o dia com aquele cheirinho de café;
Junto ao pão, que vem quentinho, tiram da cama até o Seu Zé!
Seu Zé é preguiçoso, mas bobo ele não é
É que não há, nesse mundo, melhor despertador que uma xícara de café!

Pule da cama, abra a janela, sinta o vigor da manhã
É mais um dia que vem chegando, fresco como hortelã!
No fogão, a tilintar, a cafeteira solta fumaça pelo ar
E quero ver quem é que resiste ao aroma do café que já vão "passar"

DEVAGAR
Priscila Mello

O cheiro do café me devolve para ti
Fecho os olhos e me vejo lá
No sofá
Te ouvindo cantar
Imersa em sensações
Que nunca vou saber expressar

Te vejo se aproximar
Com o café nas mãos
Tenso
Me espera provar
E só sossega
Quando me vê aprovar

Aliviado
Me dá as costas
Senta em outro sofá
E me observa
Sem desviar o olhar

Enquanto isso
A cada gole de café
Eu só consigo desejar
Que o tempo
Passe
Mais devagar

AFAGO
Rai Albuquerque

O aroma do café
Desperta logo cedo
A lembrança adormecida

Fecho os olhos
E viajo em recordações
De dias com gosto de amor

O pão quentinho
Afaga esta manhã

AS QUATRO ESTAÇÕES DO AMANHECER
Renan Canêlhas Alves

Os dias vêm e vão,
Quem saberá como os próximos serão?
Nem mesmo os mestres podem dizer
O que nos aguarda no seguinte amanhecer.

Uma feliz e radiante alvorada?
Época de pele corada.
Seja pela alegria, risadas, paixão…
Ou simplesmente pelo sol do verão.

Um Dilúculo belo, mas normal e rotineiro?
Que não almeja se tornar um dia altaneiro.
Isolado, abandonado ou sem dono,
Talvez como as folhas caindo no outono.

Um Crepúsculo cinzento e frio?
A Esperança tende a fazer um desvio.
Madrugada longa, afligimento hodierno.
A previsão é de tempestade de inverno.

Uma linda e colorida Aurora?
Que sempre vem apesar da demora.
Perseverança, luta e espera,
Sinais que anunciam a primavera.

Seja qual for a estação,
Vale lembrar que elas também vêm e vão.
Resta a nós cada amanhecer enfrentar,
Lembrando em todos eles a importância de amar.

UM BOM CAFÉ PRA VIVER BEM
Rodrigo Forgiarini Lucca

Alguns vão dizer que existem jeitos certos de se fazer, estão errados?
Pode ser que você tenha tomado somente dos grãos os bem torrados
Daqueles que amargam a boca, amarram a cara, acordam a alma
A vida nem sempre nos dá muita opção, o que tiver a gente toma

Não tenha medo de encarar um "café fraco", dos que parecem sem sabor
A vida também precisa de descansos do amargo, uns "chafés" de amor
A gente se acostuma com as dores, os traumas, as meias-verdades
Mal sabe a gente que o bom mesmo está no equilíbrio das intensidades

Corre lá e passa um café novo, daqueles moídos na hora
Daqueles que os grãos são selecionados, "tipo exportação"
Aprende a sentir os aromas, a vida leve, a doçura natural
Sente o cheiro suave, o gosto macio, saboreia, se demora
Respira fundo… fecha os olhos… dá espaço pra emoção
Repete, e repete, sempre que precisar, feito um ritual

Um bom café ajuda a gente a acordar os sentimentos, despertar
A vida pode ser menos amarga, vez ou outra tente experimentar

A MISSÃO
Roberto Junior

Do lado de fora da janela, a vida corre
Do lado de dentro, meu dia inicia
No filtro, a água fervente escorre
O café para esquentar mais uma manhã fria

Bebida pronta, xícara na mão
O celular vibra, convite pra uma missão
Esqueço a mesa, o alimento esfria
Missão pesada, o estômago revira e vem a azia

Penso em recusar, seguir com a vida
Mesmo sabendo que poderia
Termino meu café, aceito a lida
Que começa depois da reflexão
Regada a café, pão e poesia

MOLDURA: CAFÉ COM POESIA
Ronaldson/SE

Neblinar manhã
no fumaçal do café...

cheiro do pão quente
aquecendo sonhos imperfeitos
em divagar lento
– o fogão a lenha estala:

faíscas do sol sonolento.

PÃO TORRADO E PERA COZIDA NA MESA DE FÓRMICA AMARELA
Rosauria Castañeda

Com algumas moedas eu ia até a padaria
Não comprava o pão da hora mas pão torrado era a alegria
Chegava em casa correndo com o saco de pão, contente
Porque era bastante para o café da gente

Sentados em volta da mesa de fórmica amarela
Minha mãe misturava o café numa mistura só dela
Os seus afazeres domésticos ela fazia cantando
Cantigas castelhanas enquanto o café ia passando

A farinha frita de mandioca misturada com água dava
    um pirão
Que era nosso café, sem dinheiro para o pão
No café da tarde sem moedas, minha mãe faceira
Colocava a cozinhar os frutos da pereira

Hoje no nosso café tem leite, frutas e mistura para o pão
Mas sinto uma saudade que me dói no coração
No café tenho, tudo mas não tenho as presenças importantes
Preferia ter só pão torrado e aquelas pessoas a todos
    os instantes

Sem dinheiro para o pão comendo mingau de farinha
Mas tínhamos todos juntos alicerces da vida minha
O cheiro do café passado a uma humilde casa me remete
Onde um tempo bom eu vivi que não volta mais nem
    se repete

Deus abençoe nossa jornada, estamos aqui para aprender
Mas das nossas raízes não devemos esquecer
Nossa vivência por aqui precisa de muita fé
Quantas lembranças vem… numa xícara de café

CAFÉ COM PÃO
Rose Chiappa

Café e Pão (a dupla perfeita)

Café – grãos torrados e moídos filtrados em água quente.
Café puro, quente, forte, encorpado, restaurativo, reconfortante...
aquece o corpo, a alma e o coração.
seu calor e seu sabor sossegam nossas aflições.
Café – o amargo que suaviza os rigores e as dores da dureza de nossos dias.

Pão: farinha, água, fermento e sal
novo, adormecido, aquecido, na chapa, até endurecido
Alimento simples – simplicidade que traz singela felicidade!

Ah! Que alegria é ter Pão!
Que alegria poder ir até a Padaria para comprar Pão.

Café e Pão: o líquido revigorante junto com o alimento
    reconfortante
Café com Pão
Pão puro
(que seja!)
ou Pão acompanhado com o que for de mais agrado:
manteiga, requeijão, geleia, ovo mexido, queijo, presunto
até Nutella (ai, que Deus nos proteja!)

Café e Pão: ritual de início, de refazimento, de retomada,
    de preparo
e, não importa o que venha,
que Antes
sempre possamos nos preparar
com Pão e Café!

PÃO DE TRIGO
Rosy Feros

Faço versos à meia-noite, à meia-lua,
como quem cozinha o pão
a partir da farinha crua.

Meus versos macios de trigo e sal
matam a fome do viver eterno,
são minha oração matinal.

Faço versos como quem olha o céu
e aspira à razão mais pura.
Meu fermento é a minha loucura.

Meus versos úmidos de sonho e mel
têm sabor de entusiasmo,
transformam em fé o pão ázimo.

Faço versos à boca do forno,
comendo do pão que a poesia amassou.
Meu coração é o forno que o pão de trigo assou.

CAFÉ COM FÉ
Rubiane Guerra

Nasce mais um dia
O verde da grama é mais forte hoje
O frio é visível lá fora
O vento sopra e bagunça as árvores
A neblina densa insiste em pairar nas folhas secas

Aqui dentro o cheiro do café aquece o coração
Bem como o aroma do chocolate
Um novo dia, de novo!
Este que foi programado
Este que brinda um novo ciclo

Toda manhã é assim: deixa-se as mágoas
Acorda-se as energias libertadoras
A fé é presente em cada gota
Em cada alimento colhido
Em cada respiração

Hoje é um novo dia!
É meu dia... o seu dia!
Vamos viver cada respirar!
Deixar o vento acalentar!
O amor transbordar!
A vida experimentar!

GOLES MATINAIS
Samuel Nunes

Cada gole de café tem um sabor diferente.
O primeiro é sempre o mais amargo:
A vida nos chamando de volta para encarar o novo dia.
Desperta, dilata, seduz.
Daí queremos mais.

O segundo é com mais prazer.
Surge sabor, as duas mãos tocam a xícara
E os cotovelos se apoiam na mesa.
É hora de planejar o dia com uma certa euforia
E a sensação de que se pode tudo.
Embora não.

O terceiro, o quarto, o quinto…
Parecem passar despercebidos,
Porque a cafeína já se misturou às ideias
E a vida pede ação.

O último gole é o mais importante
Porque é o que deixa a xícara vazia
O vazio da xícara e o nosso vazio.
Um início de dia é sempre vazio.
A ser preenchido com suor e café.

AFETO
Sil F. Ribbeiroh

Se o vento ao contrário soprar
Você pode continuar
Siga o lado que acreditar
Sinta o cabelo balançar

Se seu corpo padecer
Procure por afeto
Se o esforço em vão parecer
Lembre-se que já foi um feto

Você teve que esperar pra nascer
Mas você conseguiu!
Espere o sol renascer
E siga o fluxo do rio

A janela da alma está sempre aberta
Procure entender sua emoção
Veja que a calma é a maneira certa
De respeitar seu coração

ABRA OS OLHOS
Sandra Torres Lins

Abra os olhos como quem abre as janelas para a vida.
Esteja sol, nublado ou com chuva.
Esteja sorridente, reluzente e tenha em mente viver esse dia como um presente.
Veja o que você sente, não mente, só depende de você fazer o seu dia excelente.

As opções à nossa frente não deixam a nossa mente e, de repente, você pisca e tudo já está diferente.
São dias de cansaço, eu ao menos não disfarço, preciso dormir, pensar, chorar e depois eu me refaço.
É normal, isso não nos faz fracos, somos seres humanos, o que nos faz precisar anelar e estipular o que nos é elementar.

Você precisa permanecer no foco, na missão e sem emoção, seguir a sua intuição.
O seu coração não te daria a sensação de que você agia sem escolher a melhor forma de sobreviver e suster o seu ganha-pão.
Vamos lá, tem chão e essa construção fará o seu coração trazer a pulsação que alimentará a sua intuição e ao final você agradecerá com uma oração.

Tome um Café, abrace a sua Fé, e põe-te de pé.
Você é forte, nunca temeu a morte, nunca contou com a sorte.
Então vá viver, para colher o que de bom você plantou.
Eu sei que você regou, com lágrimas de tristeza e de alegria e
 com muita harmonia juntou cada amigo, para
 compartilhar seu aprendizado e, com um bom
 guisado comemorou realizar o que havia sonhado.

ELÃ VITAL
Tato Carboni

Gosto de andar quando o sol se desdeita no horizonte
Na estrada assistindo ao espreguiçar de uma árvore sonolenta, sinuosa e doce
Doce como o suco do traço que imprimo no quadro,
Ou da palavra que é pega em estado nascente…
Piso na grama molhada pela gota do silêncio saborizado
Do café sendo degustado pelo paladar da pele,
A qual ecoam vozes adiantadas dos que caminham na superfície etérea
Querendo habitar o mundo inaugural da obra de arte
(Desde a madrugada – porque o artista estica o talento nessa hora!).
Penso que pintar é escrever com pincéis e tintas,
Infiltrando-me no vibrar do rabisco que canta delirante
Fazendo-me na tela, ou na folha…
Pinto escrevendo, escrevo pintando,
Com o olhar enviesado, torcido, prazeroso,
Brincando com as cores e com as palavras…
E quando saio pelas calçadas
Vejo tons e frases que se transformam em insetos
Que se aproximam de mim como vaga-lumes
Iluminando meu elã vital – meu impulso original!
Assim, sigo celebrando a vida nas dobradiças desses instantes matinais…

VIVER É AMPLIAR-SE
Tato Carboni

A gente acredita, enganosamente,
Que o anoitecer da vida é um processo
Em que nos percebemos murchados
E que nossa vitalidade vai se esvaindo
Como o orvalho em dias ensolarados.

A gente pensa deste jeito
Porque olha para o lado externo
Concentra nossa atenção para fora
E vamos nos fechando tal como uma concha
Que acha que o seu limite se dá onde mora.

A gente deveria olhar para dentro,
Para aquilo que está vivo e alegre
E tal como o vinho
Que quanto mais velho mais gostoso fica
Começar a voar igual pássaro que deixa o ninho.

A gente precisa é ampliar-se:
Com café, pão e poesia – já pela manhã!
Ser mais leve, ousado e feliz,
Ter em mente que é mais forte e valente
Aquele que é um eterno aprendiz.

INTIMIDADES
Thiago Zanetin

Põe café
Vem na fé
Mais café
Cafuné
Com café
Mordisco e cosquinha
Na sola do pé

MESA AMIGA
Val Matoso Macedo

Ah, raiou o dia!
Sol brilhante, feliz, também despertou
É primavera, perfume de café com pureza no ar
Abrir os olhos, espreguiçar, dialogar com a vida

Mesa posta, pão e iguarias de texturas sutis
Aromas de cafés coados na hora, delícia demais
Um brinde aos encontros, aos diálogos sinceros
Ao prazer de estar reunido, deliciando-se com as escutas

Sabor de amizade e carinho à mesa
Olhares atentos degustam a esperança
Lábios cafeinados dançam ao ritmo da alegria
Palavras adocicadas flutuam com o mel da amizade

Expandem os desejos de realizações
Voam nas asas das xícaras esfumaçadas
Não reina mais a individualidade, é certo
Desfila a alegria ardente da cumplicidade

Caminha o dia, com doses saborosas
De café, de parceria, de felicidade.

NOTAS SOBRE ELA
Vale Di Salles

Ela é julgada pelo seu jeito amargo de lidar, mas isso é só reclamação de quem não tem maturidade para amar. É estudiosa, trabalhadora, inteligente e exigente, é como aquele café da manhã gostoso e quente. Vive de maneira intensa, desprezando qualquer ser que não enxergue sua essência.

E nem se atreva a elogiar sua beleza, pois denota que sua visão é fraca. Ela é muito mais do que os olhos podem ver.

Ela é como um café de grãos especiais, tem notas suaves para os mais fracos e exala notas frutadas aos mais ousados. Mas cuidado! A ousadia que ela busca não é trivial. É a qualidade dos que se atrevem a mergulhar em seus mistérios sem medo de se afogar.

Ela é deusa entre os mortais e não deixa seu coração ser roubado por marginais.

E se depois desses avisos você ainda insistir em conquistá--la, é melhor beber a mais pura das águas para limpar a sua alma. E estando límpido e sem defeitos, poderá despertar nela o mais doce dos desejos.

Se busca algo casual, retira-te! Ela é valiosa demais para relacionamentos banais e sentimentos nefastos, tal qual um café requentado.

AVISO AOS AMIGOS
Vale Di Salles

Um certo poeta disse que quem tem um amigo, jamais estará sozinho. A distância poderá doer, mas nunca deixarei meu sentimento de amizade morrer.

E eu que já viajei tanto, encontrei amigos que só conhecia por telas e visitei aqueles que partiram em busca de novas oportunidades. Aos poucos, vamos sempre nos revendo. Aqui ou aí, não importa o lugar, estaremos juntos e sempre teremos uma conversa para colocar em dia, acompanhada de um café quente para brindarmos as nossas vidas.

Um grande abraço,
Manoel Felipe

UMA DESPEDIDA
Vale Di Salles

A noite está fria e o café já não tem nenhum sabor, está amargo. Mas o amargor deixo para mim, pode levar o doce amor. Não deu certo aqui, mas não parta sem sorrir. Sei que é uma despedida, mas desejo que não se sinta perdida. Busque com alegria a sua metade, pois se as partes vão se encaixando, seu quebra-cabeça da vida vai se completando. Feliz por ti, sim. Por que não? Deveria eu reclamar de algo? Nunca por quem sempre me apoiou com bastante ternura. Rimos, choramos e até brigamos, mas nunca desistimos um do outro. Me ergueu, obrigado, salvou-me. Fez parte de mim, mas agora você precisa partir. Deixará saudades, mas teu caminho a trilhar te aguarda com muitas felicidades. Por fim, declaro que amei, tanto quanto me percebi em ti. E o que nomeio amor ainda jaz mesclado com a infinitude de sentimentos de todas as ordens que se agitam em meu interior sempre que lembro de ti.

O DESPERTAR DA GRATIDÃO
Valeria Lima

Quantas vezes o sol já raiou?
Quantas vezes você respirou?
Quantas vezes você já sorriu,
E as bênçãos que ninguém viu?

Quantas vezes você acordou?
E o abraço que acalentou?
Tem cheirinho de café vindo da cozinha,
Um silêncio matutino que traz celebração,

Os dias não são iguais,
Cada amanhecer o que traz?
Certamente a vida vale muito mais!

Busque a sua inspiração.
Respire, sinta o aroma no ar!
Desperte a gratidão,
Contemple as coisas simples,
E a essência do despertar.

SENHOR CAFÉ
Vinícius Dias

Uma manhã
Pra quem quer
Ser feliz
Do pé ao nariz

Descansar
Na boa
Feito raiz

Só lance, camarada
Um café
Aquele cafezinho
Quietinho, fininho
Ele é a força motriz

Da civilização *brasiliensis*

Salve, salve, *coffea arabica*!
Gostoso e forte...
Estrela dos nossos tantos Brasis!

SAUDADI MINAS
Virgínia Carboniéri

O pão na chapa é bem mais crocante.
O café no bule dá um sabor interessante.
Tem leite fresco da vaca.
Tem bolo e manteiga na faca.
Queijo minas fresquinho.
Broa, pão doce e bolinho.
Tem menino descalço no terreiro.
Água gelada do ribeirão.
E hoje o que tem primeiro
É a saudade no meu coração.
Ohhh saudadi Minas, sô!

NUMA XÍCARA
Vitor Ferreira

É o cheiro
É o gosto
É a textura
É o doce
É o amargo
É a mistura
É a xícara
É o lugar
É o momento
É a lembrança
É a saudade
É você
E aí…
São lágrimas
São traumas
São risos
São brigas
São abraços
São promessas
São amigos
São parentes
São laços
São dias, são meses, são anos
São oito horas, e eu tenho que seguir…

SENTIMENTO DOMINICAL
Wenddie

O tempo deu um tempo
Resolveu se aquietar

Uma xícara
Aquecida pelos raios de sol

Assim vem o dia
Delicadamente,
Convidando-nos
A serenar…

VOO DE UM AMOR LIVRE
Walter Clayton de Oliveira

No céu límpido e sereno, alço meu voo,
Ecoa em mim a canção de um amor livre.
No horizonte distante, um sonho que flui,
E a liberdade, em asas, me permite.

Em plumagem suave, sigo em desterro,
Pairando além das fronteiras da razão.
Sem amarras, meu coração em desespero,
Descobre a essência de um puro sentimento.

Como um pássaro errante, sem direção,
A liberdade me chama para voar.
Meu amor, um vento forte e sem noção,
Aventura que me leva aonde há de estar.

Em cada estrela que brilha no firmamento,
Vejo o reflexo do amor que nos consome.
E nesta dança celeste, o sentimento,
Une nossas almas em um só nome.

Nas asas da paixão, vamos além,
Rompendo barreiras, voamos sem temor.
Um amor livre, sem fronteiras, é além,
E assim, unidos, brilhamos com esplendor.

E quando o sol se pôr, e a noite abraçar,
Juntos, em céu estrelado, descansaremos.
Como pássaros alados, vamos voar,
Em um amor livre, eterno, voaremos.

CAFÉ EXPRESSO
Zenilda Ribeiro

Expresso nos versos
esse prazer viciante
quando seu aroma inebriante
sobe e enche d'água a boca.

Expresso nos versos
esse teu sabor doce e amargo
que mais parece um afago
na alma e a mente desperta.

Expresso nos versos
esse teu calor, esse teu cheiro
que acordam múltiplos sentidos,
momentos vivos, puros e verdadeiros.

Expresso nos versos
o sabor da vida contido, sentido
vivido e revivido
numa xícara de Café Expresso.

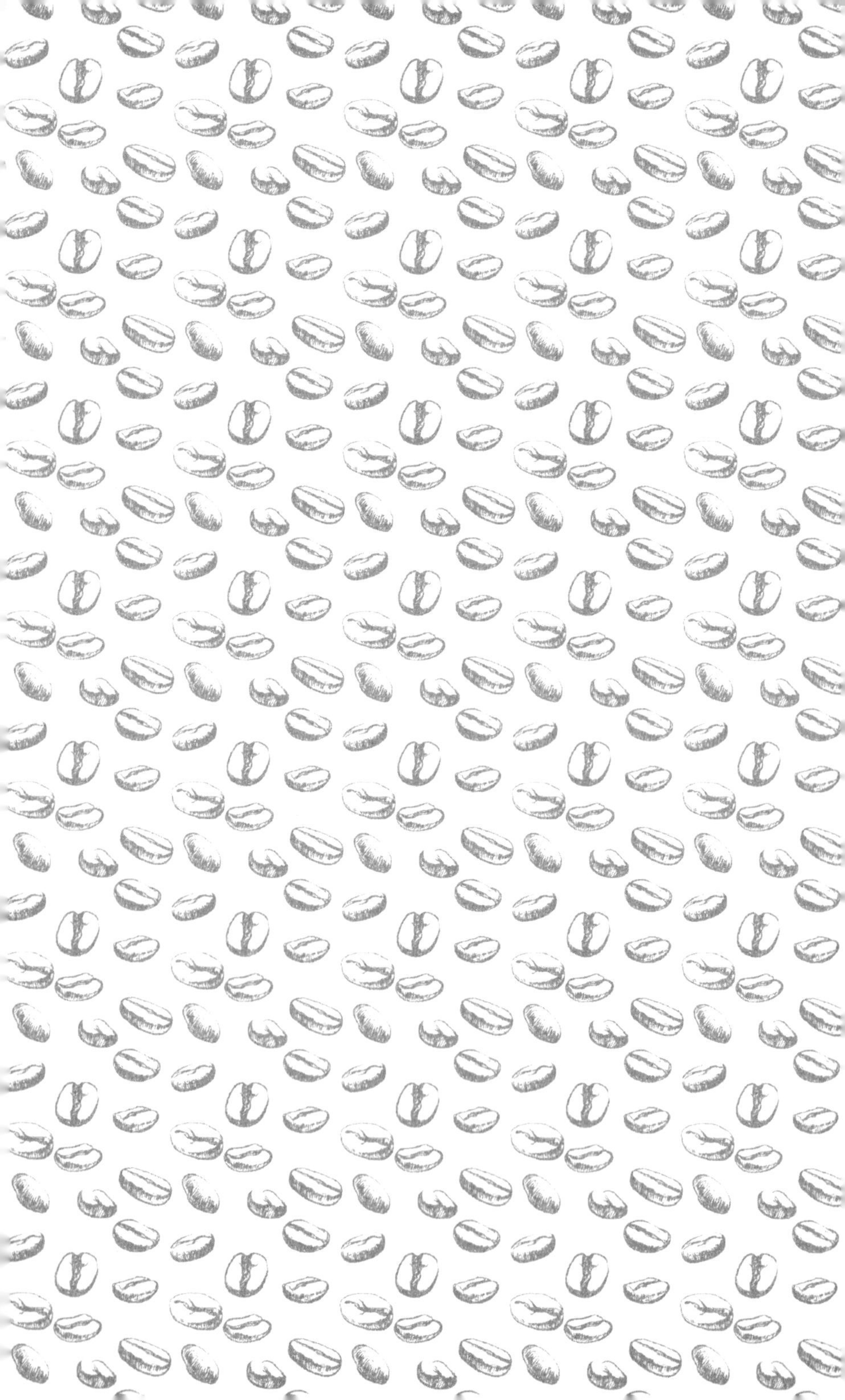